K.

Andrea Camilleri

Gewisse Momente

Aus dem Italienischen von
Annette Kopetzki

Kindler

Die Originalausgabe erschien 2015 unter dem Titel
«Certi Momenti» bei Chiarelettere editore srl, Gruppo editoriale Mauri
Spagnol S.p.A., Milano.

1. Auflage Januar 2019

Satz aus der Guardi PostScript, InDesign,
bei Pinkuin Satz und Datentechnik
Druck und Bindung CPI books GmbH,
Leck, Germany
ISBN 978 3 463 40680 0

Vorbemerkung

Dieses Buch versammelt in ungeordneter Folge, doch mit besonderer Berücksichtigung meiner Jugendjahre, Begegnungen, die wenige Momente oder fast ein ganzes Leben andauerten und eine Art Kurzschluss in mir auslösten. Das heißt, sie führten zunächst zu einer vorübergehenden Distanz und dann zu größerer Helligkeit in meinem Geist.

Es sind bekannte Namen dabei, viel häufiger aber geht es um Begegnungen mit, sagen wir, gewöhnlichen Menschen, die für mich von ebenso großer Bedeutung waren. Einige werde ich bei dieser Sammlung vergessen, da bin ich sicher; andere dagegen habe ich bewusst nicht erwähnen wollen, auch dessen bin ich mir sicher. Doch die Männer, die Frauen und die Bücher, von denen ich in diesem schmalen Buch erzähle, waren Funken, Blitze, Momente größerer Klarheit für mich – und dafür wollte ich ihnen danken.

a. c.

Antonio

Als ich an einem Morgen Mitte Januar 1942 das Café Cuocolo betrat, sah ich einen Unbekannten an der Kasse sitzen, einen Jungen, sicher zwei oder drei Jahre älter als ich, pausbäckig, pummelig, blond, mit dicken Brillengläsern, der so sehr mit der Lektüre eines Buches beschäftigt war, dass er nur kurz den Blick hob, wenn er Geld entgegennehmen, den Rest herausgeben und einen Gruß murmeln musste. Neugierig geworden, spähte ich nach dem Buch, das er las: *Die enge Pforte* von André Gide. Meine Überraschung war groß. Wie viele Menschen mochte es in der ganzen Provinz Agrigento geben, die Gide lasen? Höchstens ein knappes Dutzend. Ich konnte mich nicht zurückhalten, ich musste ihn ansprechen: «Gefällt dir Gide?»

Die Antwort lautete: «Warum? Hast du ihn gelesen?»

«Habe ich. Gefällt er dir?»

«Er überzeugt mich nicht ganz.»

Am nächsten Tag saß Andrea an der Kasse, der Sohn von Signor Cuocolo. Der Junge, den ich am Vortag gesehen hatte, saß hingegen mit einer ausgetrunkenen Tasse Kaffee an einem Tisch und las noch immer in dem Roman von Gide. Ich bat ihn um Erlaubnis, mich neben ihn zu setzen, wir stellten uns vor. So erfuhr ich, dass er Antonio hieß und der ältere Bruder von Andrea war.

«Warum habe ich dich hier noch nie gesehen?»

Er erzählte, dass ihr Vater, früh zum Witwer geworden,

von Salerno hierher nach Porto Empedocle gezogen war, wo er nicht nur das Café eröffnet hatte, sondern auch zum größten Kaffeeimporteur der Provinz aufgestiegen war. Antonio war mit seinem Bruder in Salerno im Haus der Tante geblieben, und erst als er die Schule beendet hatte, war er nach Porto gekommen, um seinem Vater und Andrea zu helfen, der bereits vor ihm dorthin gegangen war.

«Welche Fakultät besuchst du?»

«Ich bin nicht an der Universität», antwortete er.

«Willst du nicht studieren?»

«Natürlich, aber erst später.»

«Was heißt später?»

«Wenn ich den Militärdienst geleistet habe.»

«Entschuldige, aber das verstehe ich nicht.»

«Wenn sie mich als Student einziehen, muss ich den Kursus für Offiziersanwärter machen.»

«Na und?»

«Ich will kein Offizier werden, ich möchte keine Befehle erteilen.»

«Aber wenn du kein Offizier wirst, musst du einfacher Soldat sein, und das heißt, dass du Befehlen gehorchen musst.»

Er sah mich mit einem listigen Lächeln an: «Befehle kann man immer umgehen.»

Zwischen uns entstand eine heftige Freundschaft. Antonio war ein noch gefräßigerer Leser als ich und ein scharfsinniger, gründlicher Kritiker seiner Lektüren. Er besaß einen wachen Geist und machte wenig Worte, doch die hatten ein beträchtliches Gewicht. Er hasste Sport, war aber seltsamerweise ein Meister im Rollschuhfahren: auf Asphaltstraßen erreichte er eine unglaubliche Geschwindigkeit. In der ersten Februarhälfte kam die berühmte rosa Postkarte mit seiner Einberufung. Wir waren im Krieg, diese Karte bedeutete mit fast hundertprozentiger Sicherheit, dass mein Freund an die Front geschickt wurde.

Zwei Monate lang erhielt ich keine Nachricht von ihm. Zu meiner größten Überraschung sah ich ihn in den ersten Maitagen wieder an der Kasse sitzen. Diesmal las er einen Roman von Steinbeck.

«Hast du Urlaub?»

«Nein, sie haben mich entlassen.»

«Warum das?»

«Auf meinem Personalblatt steht, dass ich für den Militärdienst völlig ungeeignet bin.»

«Das bist du wirklich, aber wie haben sie das herausgefunden?»

Er lächelte.

«Ach nichts, ein paar Dummheiten, mehr nicht.»

Es war klar, dass er über seine kurze Zeit als Soldat nicht sprechen wollte.

Doch ein paar Tage später kam ein junger Mann auf Urlaub nach Porto, der während Antonios Militärdienst sein Kamerad gewesen war. Er erzählte uns, was passiert war. Am zweiten Tag ihres Aufenthalts in der Kaserne von Palermo war Antonio beim Wecken nicht aufgestanden, sondern einfach auf seiner Pritsche liegen geblieben. Der Feldwebel war gekommen, um sich ein Bild von der Lage zu machen.

«Geht es dir nicht gut? Willst du dich krankmelden?»

«Nein, es geht mir ausgezeichnet, danke.»

«Warum bist du dann nicht aufgestanden?»

«Weil der Wecker für meinen Geschmack zu früh klingelt.»

Ein kräftiger Tritt des Feldwebels stieß ihn von der Pritsche, und er bekam fünf Tage Gefängnis. Wieder draußen, war er kurze Zeit später in Zivilkleidung zum Appell angetreten – militärisch waren nur die Stiefel und das Schiffchen auf dem Kopf.

«Warum bist du nicht in Uniform», brüllte der Feldwebel.

«Weil der Stoff mich kratzt.»

Diesmal waren es zehn Tage Gefängnis. Dann kam die Sache mit dem Marsch. Der Zug, zu dem Antonio gehörte, machte einen fünfundzwanzig Kilometer langen Geländemarsch über Landstraßen. Sie ruhten sich eine halbe Stunde aus, dann kehrten sie ohne Marschordnung auf der Asphaltstraße zurück. Irgendwann setzte Antonio sich auf einen Stein, öffnete seinen Rucksack, holte die Rollschuhe heraus und zog sie an. Blitzschnell überholte er den Zug und rief dem verblüfften Feldwebel zu: «Wir sehen uns in der Kaserne!»

Erstaunlicherweise machte der Feldwebel keine Meldung. Er wusste nicht, was er von Antonio halten sollte, ob er es mit einem Verrückten zu tun hatte oder einfach mit einem notorisch ungehorsamen, launischen Soldaten.

Dann kam ein ernster Zwischenfall. Der Zug übte zum ersten Mal das Werfen von Handgranaten. Es handelte sich um Granaten, die zeitverzögert explodierten. Hatte man den Sicherungsstift abgezogen, musste man die Granate sofort werfen, sonst wäre sie nach wenigen Sekunden in der Hand explodiert. Antonio kam an die Reihe. Er erhielt seine Granate, riss den Sicherungsstift ab, betrachtete sie und wandte sich dann, die Granate noch immer in der Hand, an den Feldwebel: «Und was soll ich jetzt machen?»

«Wirf sie weg, Idiot!!!», schrie der Feldwebel fast im Chor

mit den anderen Soldaten, die bereits nach allen Seiten davonrannten, um sich so weit wie möglich von ihm zu entfernen.

Aufreizend lässig warf Antonio die Granate in die Luft, die zwei Schritt von ihm explodierte, ihn aber glücklicherweise unverletzt ließ. Jetzt war eine Untersuchung durch den Psychiater unumgänglich. Vermutlich machte Antonio sich diese Gelegenheit ein bisschen zunutze, Tatsache ist, dass der Arzt ihn für geistig instabil und untauglich für den Militärdienst erklärte.

In den folgenden zwei Jahren bewies Antonio nicht nur seine Untauglichkeit für den Militärdienst, sondern auch für das normale Leben. Er war imstande, während eines Bombenangriffs völlig passiv zu bleiben, ja, er rührte sich nicht vom Fleck, um keinesfalls die Augen von dem abwenden zu müssen, was er gerade las. Das war kein Mut, es war eine Art anarchische Gleichgültigkeit gegenüber den Geschehnissen um ihn herum. Vielleicht ahnte er dunkel, dass er nicht lange leben würde.

Tatsächlich starb er Ende 1945 sehr jung an einem Infarkt, bei dem ihm der Roman *Wendemarke* von William Faulkner aus den Händen fiel.

Die Beichte

Kurz vor meiner Hochzeit erfuhr ich, dass die Trauung nicht in der Kirche stattfinden konnte, weil ich nicht gefirmt war. Ich war zwar getauft und hatte auch die Erstkommunion empfangen, aber die Firmung war unerlässlich für das Recht auf eine kirchliche Trauung. Da ich in kirchlichen Dingen völlig ahnungslos bin, ging ich zum Pfarrer unserer Gemeinde und fragte ihn, was ich tun musste, um mich von ihm firmen zu lassen. Er sah mich erstaunt an: «Die Firmung wird von Bischöfen, nicht von einfachen Priestern gespendet, das ist eine komplizierte Angelegenheit!»

Zu der Zeit war ich mit einer Theaterregie in Livorno beschäftigt. Das Stück wurde von einem gebildeten und sehr geistreichen Jesuitenpater finanziell unterstützt: Padre Egidio Guidobaldi, ein Hüne, der immer ein Lächeln auf den Lippen hatte. Normalerweise fuhr ich freitagabends in Rom los und hielt gleich nach meiner Ankunft in Livorno eine Probe ab, wo es dann den ganzen Samstag und Sonntag weiter mit den Proben ging, bis ich am Sonntag spät in der Nacht zurück in Rom war. In Livorno angekommen, berichtete ich Padre Egidio sofort vom Problem meiner fehlenden Firmung. Der Jesuit verzog keine Miene und sagte, er werde sich um alles kümmern. Schon am nächsten Sonntag werde der alte Bischof von Livorno, Seine Exzellenz Piccioni, der ältere Bruder eines der wichtigsten Politiker der Democrazia Cristiana, mir die Firmung spenden.

Padre Egidio erklärte mir auch, dass der Bischof eigentlich schon im Ruhestand war und ein jüngerer Bischof jetzt seine Stelle innehatte, aber er wende sich lieber an Piccioni, denn mit ihm würde ich gut zurechtkommen, versicherte er mir.

«Warum?», fragte ich.

«Weil er während des Krieges den Hafenarbeitern beigestanden hat, die alle Kommunisten sind. Wie Sie ja auch.»

Kurz vor meiner Rückfahrt nach Rom teilte Padre Egidio mir mit, dass er mit dem Bischof gesprochen habe. Am nächsten Sonntag erwarte Seine Exzellenz uns in seiner Wohnung. Allerdings sei es erforderlich, vor dem Empfang der Firmung die Beichte abzulegen.

«In Ordnung», antwortete ich. «Ich werde vorher beichten.»

Natürlich dachte ich nicht im Traum daran, zu beichten. Als ich das nächste Mal nach Livorno kam, fragte der Jesuit sofort: «Haben Sie gebeichtet?»

«Ja.» Und ich begann mit den Proben.

Doch bei der Samstagnachmittagsprobe ließ ich mich dazu hinreißen, den Schauspielern eine Szene zu machen und sie wegen ihrer Lustlosigkeit und Schlamperei zu beschimpfen. Mein Zorn war so übermächtig, dass mir wohl auch ein paar Flüche entschlüpften. Padre Egidio, der bei der Probe anwesend war, sagte mir hinterher: «Wenn ich nicht hier gewesen wäre, hätte ich nichts von dem gehört, was Sie gesagt haben – aber leider war ich dabei. Sie müssen noch einmal beichten.»

«Dann nehmen Sie mir die Beichte ab», sagte ich.

«Nein, das tue ich nicht.»

«Warum nicht?»

«Es ist mir lieber, wenn es zwischen uns bei einer reinen Arbeitsbeziehung bleibt.»

«Dann nennen Sie mir einen Ihrer Kollegen.»

«Nein», entgegnete er. «Ich werde Seiner Exzellenz, dem Bischof, sagen, dass Sie morgen vor der Firmung beichten müssen. Er wird Ihnen die Beichte abnehmen.»

Am nächsten Morgen um acht Uhr, es war Sonntag, saßen wir zusammen mit meinem Firmpaten, dem Bühnenbildner Enrico Sirello, in der Privatwohnung des Bischofs, die sich im Haus des Bischofssitzes befand. Der Sekretär Seiner Exzellenz teilte uns mit, dass dieser uns jetzt in seinem Arbeitszimmer empfangen werde.

«Gehen Sie mit ihm, gehen Sie beichten», sagte Padre Egidio lächelnd.

Ich folgte dem Priester. Er klopfte an die Tür, eine Stimme forderte uns auf, einzutreten, ich ging hinein, und der Priester schloss die Tür hinter mir.

Der Bischof saß auf einem Sofa. Mich beeindruckte, dass er, während ich auf ihn zuging, aufstand und mir lächelnd mit ausgestreckter Hand entgegenkam. Wir gaben uns die Hand, er setzte sich wieder und bedeutete mir, mich neben ihn zu setzen. Er war sehr alt, doch sein breites, offenes, fast faltenloses Gesicht flößte sofort Zuneigung ein.

«Seit wann beichten Sie nicht mehr?»

«Seit zwanzig Jahren.»

Ich war zweiunddreißig, das letzte Mal war ich in der Schule zur Beichte gegangen.

Er sah mich an. Sein Blick war bemerkenswert. Mir war, als würden seine Pupillen in meine Augen dringen, um mich gründlich zu erforschen. Und tatsächlich: «Sie sind gläubig?»

Vor diesen Augen konnte ich nicht lügen. «Nein.»

«Warum wollen Sie dann kirchlich heiraten?»

«Ich möchte meinen Eltern und Großeltern keinen Kummer machen …»

«Ich verstehe.»

Er legte sich die Stola um und sagte: «Meinen Sie, Sie können mit mir von Mann zu Mann sprechen, ohne mir etwas zu verschweigen?»

Von Mann zu Mann? Er verdiente eine zustimmende Antwort: «Ja.»

«Gut», sagte er. «Dann beginnen wir mit der Beichte.»

Als er das Kreuzzeichen machte, stand ich auf und kniete vor ihm nieder. Er sah mich überrascht an.

«Nicht doch! Nein! Setzen Sie sich wieder neben mich!» Er legte seine Hand auf meine. «Haben Sie je etwas getan, was Ihrer Meinung nach als eine schwere Sünde gelten könnte, wie Mord, Diebstahl, falsches Zeugnis?»

«Nein, niemals.»

«Haben Sie je Verachtung für einen anderen Menschen empfunden?»

«Nicht bewusst.»

«Wissen Sie», sagte er, «ich glaube, die schwerste Sünde, die man begehen kann, ist, jemanden zu verachten. Auch wenn dieser Jemand etwas getan hat, was uns verbittert, überrascht oder erschüttert hat: Verachtung ist das Letzte, was man für ihn empfinden sollte.»

Ich begriff, dass ich es mit einem außergewöhnlichen Mann zu tun hatte. Er stellte mir keine Fragen mehr, trotzdem begann ich, über mich zu sprechen, über mein Leben, die Gründe für meine Heirat. Ich sagte, dass ich an die Familie glaubte und sofort ein Kind haben wolle.

«Haben Sie vor der Heirat viele Erfahrungen gemacht?»

«Ja, viele.»

«Dann sagen Sie mir: Gab es während Ihrer amourösen Begegnungen je einen Moment, in dem Sie Ihre Partnerin nicht als Frau, sondern als bloßes Objekt Ihres Begehrens angesehen haben?»

Bevor ich antwortete, nahm ich mir etwas Zeit. Ich erforschte mein Gewissen gründlich und sagte dann: «Nein, niemals.»

«Die wirkliche Sünde des Fleisches», bemerkte er, «sind nicht unkeusche Taten, sondern die andere oder den anderen zu einem bloßen Objekt zu machen und ihm jede Menschlichkeit zu nehmen. Das ist die wirkliche Sünde.»

Solche Worte hatte ich noch nie gehört und würde sie nie wieder hören.

Wir fuhren mit unserem Gespräch fort. Gott erwähnte er kein einziges Mal, er sprach immer vom Menschen. Von der Würde des Menschen, die niemals, unter keinen Umständen mit Füßen getreten werden dürfe. Plötzlich begann die Pendeluhr zu läuten. Es war elf Uhr, wir hatten drei Stunden lang ununterbrochen gesprochen, ohne zu bemerken, wie die Zeit verging.

«Ich glaube, Sie haben mir alles gesagt. In fünf Minuten sehen wir uns in meiner Privatkapelle wieder», sagte der Bischof.

Ich ging hinaus. Der Erste, den ich sah, war Padre Egidio, er machte ein sehr besorgtes Gesicht.

«Ich kann Sie nicht ernsthaft bitten, das Beichtgeheimnis zu verletzen», sagte er, «aber verflixt noch eins, was für Sünden haben Sie begangen, dass Sie drei Stunden beim Bischof gewesen sind?»

«Ihnen kann ich es ja sagen», antwortete ich lachend. «Ich bin Mitglied der Mafia und habe viele Morde auf dem Gewissen.»

Der Zeremonie der Firmung war sehr kurz. Man band mir eine weiße Binde um die Stirn, mein Firmpate stand neben mir, der Bischof sprach ein paar Gebete auf Latein, dann ging er zu mir. Ich kniete, er gab mir einen Klaps auf die Wange und sagte, ich solle mich erheben. Die Zeremonie war beendet. Man nahm mir die Binde ab, ich trat vor den Bischof und verbeugte mich tief. Er bückte sich, umfasste meine Schultern und deutete eine Umarmung an.

«Es war ein Vergnügen, dich kennenzulernen», sagte er, vom Sie zum Du übergehend.

Ich bin jetzt neunzig Jahre alt. Dieses dreistündige Gespräch mit Piccioni hat sich mir für immer eingeprägt, und nicht nur im Gedächtnis, sondern vor allem in meinem Herzen.

Antonio Tabucchi

Tabucchi hatte gerade *Piazza d'Italia*, sein erstes Buch, veröffentlicht, und ich war in Pisa, als ein Freund mich fragte, ob ich den angehenden Schriftsteller kennenlernen wolle. Ich sagte sofort ja, denn Tabucchis Stil, der dem Anschein nach so schlicht, seinem Wesen nach aber so elegant und raffiniert ist, hatte mich sehr beeindruckt. Doch im letzten Moment zwang mich ein unvorhergesehenes Ereignis, das Treffen abzusagen. Von da an las ich alle Bücher, die er nach und nach veröffentlichte, bis zu seinem Meisterwerk *Erklärt Pereira.* Dieser Roman begeisterte mich: Endlich widmete sich ein italienischer Schriftsteller einem so wichtigen Thema wie der individuellen Freiheit. Ich fragte Bekannte, ob es möglich sei, Tabucchi persönlich kennenzulernen, erhielt aber eine abschlägige Antwort. Er lebte schon seit Jahren nicht mehr in Italien, sondern in Portugal. Als ein Arbeitsauftrag mich nach Lissabon führte, wo ich einen Monat lang bleiben sollte, fragte ich natürlich nach Tabucchi, doch man antwortete mir, er sei im Ausland. Es war wie Fangen oder Verstecken spielen.

Dann schien der Moment endlich gekommen. Bei einem Kongress, den die Zeitschrift «Micromega» während der Turiner Buchmesse veranstaltete, waren wir beide als Redner auf dasselbe Podium geladen. Doch auch diesmal narrte uns das Schicksal: Tabucchi konnte nicht teilnehmen, weil er einen kleinen Unfall gehabt hatte, also sprach er nur am Telefon.

Dann erschienen unsere Namen öfter zusammen in Zeitungen, die uns über die politische Situation in Italien interviewt hatten. Bemerkenswert war, dass unsere Antworten fast immer übereinstimmten, als hätten wir sie vorher miteinander abgestimmt. Eines Tages klingelte in meinem Arbeitszimmer das Telefon, es war Tabucchi. Das Telefonat war kurz und in gewisser Weise sehr seltsam.

«Hallo? Hier ist Antonio Tabucchi.»

Das war wirklich eine große Überraschung für mich.

«Ciao», antwortete ich. «Wie geht es dir?»

«Gut, ich wollte nur mal deine Stimme hören.»

Das verwirrte mich noch mehr, ich wusste nicht, was ich antworten sollte, er sprach weiter. «Ciao, es hat mich gefreut, dich zu hören, bis bald.» Und er beendete das Gespräch.

Etwa sechs Monate lang hörte ich nichts mehr von ihm, bis ich eine Ansichtskarte aus Athen bekam. Darauf stand nur: «Ein Gruß von Antonio Tabucchi».

Im Lauf der folgenden Jahre erhielt ich zwei oder drei solcher Karten aus verschiedenen Städten Europas. Da er nie einen Absender schrieb, wusste ich nicht, wohin ich ihm etwas wie eine Antwort schicken sollte, aber mein Wunsch, ihn persönlich kennenzulernen, wurde immer größer.

An einem Tag im Mai 2011 erhielt ich endlich einen Anruf von Antonio: «In drei Tagen müsste ich in Rom sein, ich werde dir das noch bestätigen. Und sollte die Welt untergehen, diesmal müssen wir uns kennenlernen. Sobald ich in Rom bin, rufe ich dich an, dann vereinbaren wir ein Treffen.»

Mit einer gewissen Unruhe erwartete ich seinen Anruf, der pünktlich kam, aber nur, um mir in betrübtem Ton mitzuteilen, dass sein Vorhaben sich zerschlagen habe. Und so ist Tabucchi für mich ein Freund gewesen, den ich nie persönlich kennengelernt habe.

Nach seinem Tod 2012 gab die Literaturwissenschaftlerin Anna Dolfi unter dem Titel *Di tutto resta un poco* (*Von allem bleibt ein bisschen*) ein Buch mit verstreuten Schriften Tabucchis über Literatur und Film heraus. Zu meinem großen Erstaunen las ich in einem Artikel, den Antonio anlässlich des Todes der Verlegerin Elvira Sellerio veröffentlicht hatte, ein Dutzend Zeilen, die sich mit mir beschäftigten: nicht mit dem Schriftsteller, sondern mit dem Menschen und Sizilianer. In diesen Worten, die mich zutiefst rührten, fand ich den Schlüssel für seinen Wunsch, mich kennenzulernen, der ja auf Gegenseitigkeit beruhte.

Und dieser kleine Text, den ich ihm widme, soll ein posthumer Dank für seine Freundschaft sein.

Pino Trupia

Im September 1943, also zwei Monate nach der Landung der Alliierten in Sizilien, kam mir und meinem Freund Ugo La Rosa die Idee, eine Zeitung herauszugeben, die dann die allererste Zeitung des demokratischen Italien sein würde. Für die Genehmigung und das Papier musste man sich an den Leiter des AMGOT wenden, das *Allied Military Government of Occupied Territories.* Die Abteilung des AMGOT in Agrigent leitete ein Engländer, Colonel Chewin, sein Stellvertreter war Amerikaner, Major Thomson. Alle wussten, dass die beiden sich nicht gut verstanden, und es war auf jeden Fall besser, wenn wir uns mit unseren Bitten direkt an Colonel Chewin wandten, der ein freundlicher und hilfsbereiter Mann zu sein schien.

Nach zwei, drei Tagen des Wartens wurden wir vom Colonel empfangen. Sein Büro war der Raum, in dem vor der Landung der Alliierten der Präfekt gesessen hatte. Ugo und ich schilderten ihm unseren Plan einer Wochenzeitung mit vier großen Seiten, die über die Lage in der Provinz Agrigent informierte und unseren Landsleuten etwas wie die Grundprinzipien der Demokratie nahebrachte. Der Colonel begrüßte das Vorhaben nicht nur und versorgte uns mit dem nötigen Papier, er stellte uns sogar Redaktionsräume zur Verfügung. Er gab uns die Schlüssel für eine Wohnung mitten in der Stadt, die Sitz der faschistischen Gruppierungen an der Universität gewesen war.

Wir nahmen die Räume in Besitz und konnten von dort aus dank der Zusammenarbeit mit unseren ehemaligen Schulkameraden zu fast allen Ortschaften der Provinz Kontakt aufnehmen. Als Erstes baten wir unsere Korrespondenten, uns sofort eine Namensliste aller örtlichen Faschisten zu schicken, die bereits versuchten, sich bei den Amerikanern eine weiße Weste zu verschaffen. Wir erhielten etwa zweihundert Namen und beeilten uns, sie gleich in der ersten Nummer unserer Zeitung zu veröffentlichen, die wir «Küss die Hand» nannten, wie um die kommende Demokratie mit dieser traditionellen Begrüßungsformel zu empfangen.

Die Zeitung erschien in einer Auflage von siebenhundert Stück und wurde in der ganzen Provinz verteilt. Die Leute rissen sich so sehr darum, dass wir drei Tage später eine zweite Auflage drucken mussten. Dann klopfte es eines Morgens, als ich mit Ugo in der Redaktion saß, an der Tür. Ich öffnete und sah zwei Männer um die dreißig in Zivil vor mir, die mich auf Englisch ansprachen. Ihr Jeep parkte vor der Tür, am Steuer saß ein Soldat in amerikanischer Uniform. Da ich kein Englisch sprach, rief ich Ugo, und die beiden wiederholten für meinen Freund, was sie mir gesagt hatten. Ich sah Ugo schlagartig erbleichen, verstört wandte er sich an mich: «Das sind zwei amerikanische Militärpolizisten in Zivil. Sie haben einen Durchsuchungsbefehl, unterzeichnet von Major Thomson.»

Uns blieb nichts anderes übrig, als sie hereinzulassen. Gleich nachdem sie eingetreten waren, schloss einer der beiden die Tür, und weil eine Mordshitze herrschte, zogen sie sich die Jacken aus. Da sah ich, dass sie mit einer Pistole bewaffnet waren, die sie in einem Achselholster trugen.

So etwas hatte ich bisher nur in amerikanischen Filmen gesehen, die damals nur selten bis in unsere Kinos kamen.

Eigentlich gab es wenig zu durchsuchen. Die vier großen Zimmer unserer Redaktion waren vollkommen leer; wir hatten nur eins besetzt. Von einem dieser Zimmer führte eine Treppe ins Obergeschoss, wo es vier Toiletten in einer Reihe gab. Nachdem die beiden Männer sich umgesehen hatten und in jedes Zimmer gegangen waren, machten sie Anstalten zu gehen, denn sie zogen ihre Jacken wieder an. Doch da tat der eine etwas sehr Merkwürdiges: Er ging ein paar Schritte von der Treppe ins Obergeschoss zurück, nahm Anlauf und trat mit aller Kraft gegen die kleine Stützmauer unter der Treppe.

Nun, die Mauer brach in sich zusammen, als wäre sie aus Seidenpapier. Ein leerer Raum erschien, von dem wir nichts gewusst hatten, und darin befanden sich drei Maschinengewehre und vier Karabiner mit dazugehöriger Munition. Die beiden Polizisten drehten sich zu uns um, und im nächsten Augenblick hatten sie uns schon Handschellen angelegt. Wir wurden auf den Jeep geladen und in das ehemalige Haus der Italienischen Jugend gefahren, in dem es eine große Turnhalle gab. Ich wurde von Ugo getrennt und in ein winziges Zimmerchen gesperrt, wahrscheinlich ein Abstellraum. Ich sah auf die Uhr, es war kurz vor zwölf. Etwa drei Stunden blieb ich dort eingeschlossen, mir wurde weder zu essen noch zu trinken gebracht.

Gegen drei Uhr nachmittags ging die Tür auf, und ein bewaffneter amerikanischer Soldat führte mich in die Turnhalle. Alle Sportgeräte waren in eine Ecke gestellt worden. In der Mitte der Halle stand ein Stuhl, der amerikanische Soldat zeigte mir, dass ich mich dort hinsetzen sollte. Etwa zwei Meter von mir entfernt gab es einen Tisch, hinter dem ein Hauptmann der amerikanischen Armee saß. Er sprach mich in perfektem Italienisch an und befahl mir, meine Personalien zu nennen, die er auf ein Blatt Papier schrieb. Darauf fragte er mich, noch immer sitzend: «Warum habt ihr, du und dein Freund, diese Waffen versteckt?»

Ich antwortete, dass sie uns nicht gehörten und dort wahrscheinlich von den Faschisten versteckt worden waren, die vor uns in dieser Wohnung gearbeitet hatten.

Jetzt stand er auf und trat vor mich hin, gefolgt vom Soldaten. «Steht auf.»

Ich stand auf.

«Nimm deine Brille ab.»

Ich nahm sie ab, und er reichte sie dem Soldaten weiter.

«Lass deine Hose herunter.»

Ich gehorchte. Die Hose lag am Boden.

«Zieh dich nackt aus», befahl er.

In höchster Verlegenheit gehorchte ich.

Dann sagte der Hauptmann: «Hör gut zu und sag mir die Wahrheit, sonst wird es dir schlecht ergehen. Weißt du etwas von dem Flugzeug, das heimlich in Sciacca gelandet sein soll?»

Ich staunte.

«Davon weiß ich gar nichts!», antwortete ich.

Er versetzte mir eine so heftige Ohrfeige, dass mir war, als hätte mein Kopf eine Drehung um dreihundertsechzig Grad gemacht, und gleich darauf erhielt ich einen Tritt in den Unterleib, der mich keuchend zu Boden fallen ließ. Sie halfen mir nicht auf. Der Hauptmann beugte sich über mich und sagte: «Ich wiederhole die Frage: Weißt du etwas von dem Flugzeug, das in Sciacca gelandet ist?»

Vor Schmerz hatte ich Tränen in den Augen.

«Ihr könnt mich totschlagen», sagte ich. «Ich weiß nichts.»

«Gut, zieh dich wieder an.»

Der amerikanische Soldat gab mir die Brille zurück und führte mich wieder in das Zimmerchen.

Dort blieb ich bis um sieben Uhr abends. Dann ging die Tür wieder auf, und zwei amerikanische Soldaten erschienen, die mich schweigend vom Stuhl hochzogen, mich nach draußen schubsten, in einen Jeep steigen ließen und vor das zu trauriger Berühmtheit gelangte Gefängnis San Vito brachten.

Der Jeep hielt an, einer der Soldaten stieg aus, klopfte an das Tor und sprach mit dem Gefängniswärter. Der andere holte mich aus dem Auto und übergab mich dem Wärter. Als das Tor sich hinter mir schloss, hörte ich das Geräusch des Jeeps, der anfuhr und verschwand. Der Wärter befahl mir, ihm zu folgen, wir kamen in ein Büro, wo ein Mann in Zivil saß.

Auch er fragte nach meinen Personalien. «Warum hat man dich verhaftet?»

Ich erzählte ihm alles. Er murmelte etwas und sagte dem Wärter eine Zahl, ich erinnere mich nicht mehr, ob es zweiunddreißig oder zweiundzwanzig war.

«Mitkommen», sagte der Wärter.

Wir durchquerten einen großen Hof, der Wärter schloss ein Eisentor auf, wir stiegen Treppen hinauf, und im ersten Stock öffnete sich ein sehr langer Flur mit zwanzig Zellentüren, jeweils zehn auf einer Seite.

Wir liefen den ganzen Flur entlang, dann öffnete der Wärter die Tür der letzten Zelle links. Er stieß mich hinein und schloss die Tür hinter mir. Durch das vergitterte Fenster fiel noch Tageslicht.

Ich muss gestehen, dass mir beim Geräusch der Ketten und Riegel hinter mir das Blut in den Adern gefror. Ich war achtzehn Jahre alt und hatte so etwas noch nie erlebt. Vor mir sah ich zwei Bettgestelle, auf einem lag ein Mann. Als der Lärm der Riegel verstummt war, stand der Mann auf und kam mir entgegen. Ich erschrak.

Er war um die vierzig, ein Koloss, doch was mir am meisten Angst machte, war sein Gesicht. Cesare Lombroso, der Verbrechertypen anhand körperlicher Merkmale bestimmt hatte, wäre bei seinem Anblick sicher in Jubel ausgebrochen, denn dies war das Gesicht eines echten Verbrechers. Überdies hatte er eine lange Narbe, die unter dem linken Ohr begann, sich über die ganze Wange zog und am Mundwinkel endete. Der Mann streckte mir seine Hand hin und machte eine Grimasse, die ich wohl als ein Lächeln verstehen sollte: «Guten Abend, ich heiße Pino Trupia.»

Ich ergriff seine Hand und schüttelte sie. «Guten Abend, ich heiße Nené Camilleri.»

«Hast du dich erschrocken?», fragte er.

Also sah man mir mein Entsetzen an.

Pino Trupia lächelte wieder und sagte: «Brauchst wegen mir keine Angst haben, ich bin bloß ein Dieb.»

Seltsamerweise fühlte ich mich augenblicklich sicherer. Trupia hatte mich mit diesen Worten beruhigen wollen. Ich stand nicht vor einem Mörder oder einem gewalttätigen Mann.

Den ganzen Tag lang hatte ich meine Notdurft nicht verrichten können. Ich fragte meinen Zellennachbarn, wo ich pinkeln konnte, und er zeigte mir den Eimer in einer Ecke.

Ich beeilte mich. Doch während ich pinkelte, merkte ich, dass es ein größeres Bedürfnis war.

Trupia musste eine außergewöhnliche Intuitionsgabe besitzen, denn er fragte: «Musst du auch kacken?»

«Ja», sagte ich.

«Tu's», forderte er mich auf. «Ich dreh mich so lange um.»

Tatsächlich, Pino stand während der ganzen Zeit, die ich auf dem Eimer saß, mit dem Rücken zu mir und starrte auf die Zellentür. Als ich fertig war, zeigte er mir, wie man den Eimer wieder schloss. In diesem Moment hörten wir das Geräusch der Türriegel, man hatte uns das Abendessen gebracht, einen Kanten Brot und eine Schüssel mit einer undefinierbaren Brühe.

Mein Magen war so verkrampft, dass ich nicht die geringste Lust zum Essen hatte, obwohl ich den ganzen Tag lang nichts zu mir genommen hatte.

«Ich mag nicht», sagte ich. «Wenn du das haben willst ...»

«Danke», sagte er.

Während er auch den Inhalt meiner Schüssel aß, streckte ich mich auf dem Strohlager aus. Und dort begann ich zu weinen, ohne es zu wollen. Die Tränen liefen mir in Strömen übers Gesicht, aber die Schluchzer versuchte ich zurückzuhalten, damit Trupia mich nicht hörte. Er merkte es trotzdem, ließ seine Mahlzeit halb gegessen stehen und setzte sich neben mich. Mit unglaublicher Sanftheit strich er mir über die Haare.

«Nicht weinen, du darfst nicht traurig sein. Gegen alles gibt's ein Mittel, bloß gegen den Tod nicht.»

Erst als er sicher war, dass ich aufgehört hatte zu weinen, erhob er sich wieder.

Er aß auf und fragte: «Rauchst du?»

«Ja», sagte ich, «aber ich habe keine Zigaretten, denn die hab ich nicht mitgenommen, als ich ...»

Er unterbrach mich.

«Ich hab welche.»

Er holte ein halb aufgebrauchtes Päckchen amerikanischer Zigaretten aus seiner Tasche. Dann bot er mir eine an, gab mir Feuer.

«Ist verboten, in der Zelle zu rauchen, aber vor einer Stunde kommt sowieso keine Kontrolle.»

Diese Zigarette war genau das richtige Heilmittel für mich. Während wir rauchten, erzählte Pino mir sein Leben. Schon mit sechzehn hatte er angefangen zu stehlen, er war in leere Wohnungen gestiegen und hatte alles mitgehen lassen. Jetzt war er vierzig und hatte drei Haftstrafen abgesessen, immer wegen Diebstahls, nie wegen irgendwelcher Gewalttaten. Als er fertig war, wollte er als Gegenleistung meine Geschichte hören. Ich erzählte ihm alles. Am Ende konnte ich mich nicht zurückhalten, ich fragte ihn: «Und diese Narbe? Wie hast du dir die geholt?»

Er erklärte, das sei keine Messerstecherei gewesen, nein, auf der Flucht vor der Polizei war er einmal über eine Badewanne gefallen, die mitten auf der Straße lag, und hatte sich an dem Blech das Gesicht aufgeschnitten. Pino kam aus Realmonte, einem Ort ganz in der Nähe der Stadt, in der ich aufgewachsen war. Wir begannen, uns von unseren Heimatstädtchen zu erzählen, doch langsam verwandelte sich die Anspannung des Tages bei mir in eine unerträgliche Schwere, die mich zum Schlafen zwang. Das sagte ich meinem Kameraden, worauf er mich bat, aufzustehen, und mein Strohlager ausschüttelte. Als ich mich darauf ausgestreckt hatte, erklärte er mir: «Bald machen sie das

Licht aus, versuch vorher einzuschlafen, und wenn du was brauchst, weck mich.»

Ich schlief fest und wachte beim ersten Licht des Tagesanbruchs auf. Mein Zellennachbar schlief. Ich erhob mich, um zum Eimer zu gehen, doch ein starkes Schwindelgefühl ließ mich das Gleichgewicht verlieren, sodass ich der Länge nach zu Boden fiel. Pino wachte sofort auf, stürzte zu mir und durchlöcherte mich mit Fragen.

«Was war das? Was ist mit dir? Geht's dir nicht gut? Soll ich jemand rufen?»

Ich versuchte aufzustehen, merkte aber, dass ich mich nicht auf den Beinen halten konnte. Also hob er mich vom Boden auf und legte mich auf die Pritsche. Dann brüllte er mit seiner kräftigen Stimme durch das Guckloch: «Capo! Capo! Kommt her! Capo!»

Nach wenigen Minuten wurde die Tür von einem schlaftrunkenen Wärter geöffnet. «Was ist hier los, verdammte Scheiße?»

«Dem Kleinen geht's schlecht!»

Der Wärter berührte meine Stirn. Ich glühte. Er sagte: «Der Arzt kommt heute Morgen um neun. Ich bring dir schon mal ein bisschen Wasser.»

Er brachte mir das Wasser, ich trank, er nahm das Glas mit und schloss die Zelle ab. Trupia setzte sich wieder neben mich, und manchmal streichelte er mir sanft den Kopf oder das Gesicht und fragte, wie es mir ging.

Um sieben Uhr wurde die Zellentür geöffnet, und ein Wärter sagte, ich müsse zum Direktor gehen. Ich erhob mich mühsam, der Wärter fasste mich um die Taille und brachte mich zum Büro des Direktors.

Hier saß ein Mann um die fünfzig hinter einem Tisch.

Er sagte, zwei Amerikaner seien gekommen, um mich mitzunehmen, und ich würde nicht mehr in dieses Gefängnis zurückkehren. Dann befahl er dem Wärter, mich nach draußen zu bringen.

Aber ich wehrte mich.

«Was ist los?», fragte er.

«Ich möchte mich von meinem Zellenkamerad verabschieden!»

Der Direktor sagte, das sei nicht möglich. Draußen luden zwei Amerikaner mich sofort in einen Jeep und brachten mich zur Präfektur, dem Sitz des AMGOT. Ich wurde ins Büro von Colonel Chewin geführt, der mich aufforderte, Platz zu nehmen, und mir erklärte, von diesem Moment an sei ich frei und jede Anklage gegen mich sei aufgehoben.

«Erklären Sie mir bitte, was passiert ist?», bat ich.

«Seit ihr beiden diese Zeitung veröffentlicht, bekomme ich Dutzende anonymer Briefe, die euch denunzieren. In einem werdet ihr beschuldigt, Waffen in der Redaktion versteckt zu haben, darum hat Major Thomson es für nötig gehalten, eine Durchsuchung anzuordnen. Wir haben dann herausgefunden, dass die Waffen euch nicht gehörten. Das ist alles. Ach, ich wollte dir noch etwas sagen. Hiermit ziehe ich die Genehmigung für die Zeitung mit augenblicklicher Wirkung zurück.»

«Warum das denn?»

Er sah mich liebevoll an.

«In England habe ich einen Sohn in deinem Alter.»

«Ja, und?»

«Also darf ich dich als meinen Sohn betrachten. Ich ziehe die Genehmigung zurück, weil ich schon nach der ersten Ausgabe einen Haufen anonymer Briefe erhalten habe und absolut sicher bin, dass du und dein Freund La Rosa nach der dritten oder vierten ein übles Ende nehmen werdet. Garantiert wird euch jemand erschießen.»

«Ist Ihre Entscheidung unumstößlich?», fragte ich.

«Unumstößlich!»

Ich stand auf, er stand auf, kam mir entgegen, und statt mir die Hand zu geben, umarmte er mich. «Viel Glück, mein Junge», sagte er, als er mich zur Tür begleitete.

Am nächsten Morgen war mein erster Gedanke, ins Gefängnis San Vito zu gehen. Ich erhielt die Erlaubnis für ein Gespräch mit Pino Trupia.

Wir umarmten uns, und ich ließ zwei Päckchen amerikanischer Zigaretten für den Mann da, der eine Nacht lang mein Schutzengel gewesen war.

Pier Paolo Pasolini

Pasolini lernte ich durch Laura Betti kennen, die eigens zu diesem Zweck ein Essen zu dritt in ihrer Wohnung arrangiert hatte. Doch der Abend wurde ein ziemliches Desaster, weil wir uns vom ersten Moment an nicht riechen konnten.

Ich war damals Mitglied der Kommunistischen Partei, und nachdem Pasolini mich gefragt hatte, welcher politischen Richtung ich anhing, begann er, die Kommunisten zu attackieren. Das brachte mich in eine heikle Lage. Zwar teilte ich viele der Kritikpunkte Pasolinis, doch der Ton und die Art, wie er sie vorbrachte, trieben mich dazu, die Kommunistische Partei bedingungslos zu verteidigen. Die Atmosphäre war hitzig, obwohl Laura alles gab, um das Gespräch auf weniger problematische Themen zu lenken.

An einem anderen Tag ging ich zu Laura, mit der ich damals an einer Radiosendung über Cocteaus Frauen arbeitete. Es war zwei Uhr nachmittags, und als ich ankam, lagen Laura und Pier Paolo vollständig angezogen im Doppelbett. Ich nahm einen Stuhl und setzte mich neben sie. Pasolini interessierte sich nicht für unser Gespräch, blieb aber mit halb geschlossenen Augen liegen, die Hände im Nacken gefaltet. Über dem Kopfende des Bettes hing ein langes Holzbrett, auf dem sich eine Menge Bücher stapelten. Während wir redeten, hörte man plötzlich ein sehr lautes Knacken, und eine Sekunde später fiel das Brett mit den Büchern von der Wand. Pasolini sprang im Bruchteil einer Sekunde aus dem Bett und stützte sich dabei mit dem rechten Arm auf Laura, sodass sie sich nicht bewegen konnte. So fielen ihr nicht nur das Brett, sondern auch alle Bücher auf den Kopf. Blutüberströmt sprang sie auf und beschimpfte Pier Paolo wie eine Furie. Statt sich zu rechtfertigen, lachte Pier Paolo nur schallend, und Laura wurde tätlich. Ich musste eingreifen, um die beiden zu trennen. Doch jetzt war auch Pier Paolo wütend, weil Laura ihn angegriffen hatte, und so hielt ich es für angebracht, die beiden alleine weiterstreiten zu lassen und das Weite zu suchen.

Die ersten zwei Begegnungen waren also nicht besonders glücklich verlaufen. Noch unglücklicher verlief die dritte und letzte Begegnung.

Ich war gebeten worden, die Regie eines Theaterstücks von Pasolini mit dem Titel *Pilade* zu übernehmen. Ich las den Text, das Stück gefiel mir sehr, und ich begann, damit zu arbeiten. Nach etwa zehn Tagen hatte ich eine Vorstellung davon, wie man es inszenieren könnte. Also bat ich Laura Betti um ein Treffen mit Pier Paolo.

Wie gewöhnlich lud Laura mich zum Abendessen ein. Ich legte Pasolini meine Ideen für die Regie dar, und er schien aufrichtig angetan. Er machte ein paar nebensächliche Bemerkungen, doch grundsätzlich stimmte er meiner Interpretation voll und ganz zu. Schließlich stellte er mir eine praktische Frage: «Welche Schauspieler willst du engagieren?»

Ich nannte den Namen eines sehr guten, berühmten Theaterschauspielers und fügte hinzu, für die Besetzung der anderen Rollen würde ich ehemalige Schüler der Accademia nazionale d'arte drammatica fragen, mit denen ich gut zusammengearbeitet hatte. Seine Antwort war eine Art Hohngelächter.

«Was gibt's da zu lachen?», fragte ich ihn.

Er antwortete indirekt auf die Frage: «Du willst also Schauspieler mit akzentfreier Aussprache, würdevolle, vornehme, elegante ...»

«Nein», sagte ich. «Ich will Schauspieler, die Schauspieler sind.»

«Mit schöner, ausgebildeter Stimme ...», fuhr er fort.

«Warum, hast du was gegen Schauspieler mit Stimmbildung?»

Und er: «Für einen Film würde ich sie niemals nehmen, nicht mal, wenn ...».

«Pier Paolo, beim Film ist es etwas völlig anderes. Im Theater, vor allem in einem griechischen Amphitheater, ist es zwingend notwendig, dass die Stimme des Schauspielers bis in die letzten Reihen zu hören ist, sonst versteht man ja überhaupt nichts.»

«Unsinn! Wenn du Menschen von der Straße nimmst, die sich Gehör verschaffen können, wirst du ein viel besseres Ergebnis erzielen!», erwiderte er.

Ich wollte ihm gerade widersprechen, da erklärte er: «Wir haben ja noch einen Monat, bevor die Proben beginnen. Lass uns noch mal darüber reden, wenn ich wieder da bin. Ich mache eine kurze Reise, und in etwa zehn Tagen sehen wir uns in Rom wieder.»

«Hör mal, wenn du willst, dass ich deinen *Pilade* mit Schauspielern von der Straße mache, verzichte ich auf die Regie», sagte ich.

«Wollen wir das nicht in zehn Tagen noch mal besprechen?», fragte er ziemlich verärgert. «Ich melde mich dann», und er verabschiedete sich.

Unser Abschied war kühl. Zehn Tage vergingen, er ließ nichts von sich hören. Ich beschloss, noch ein paar Tage zu warten, bevor ich ihn anrief.

Doch eines Abends erfuhr ich aus den Fernsehnachrichten von seinem schrecklichen Tod.

Da traf ich eine Entscheidung. Am nächsten Tag rief ich die Organisatoren an und sagte ihnen ohne Angabe von Gründen, dass ich nicht in der Lage sei, Pier Paolos *Pilade* zu inszenieren.

Ein Buch: So lebt der Mensch *von André Malraux*

Im Frühling 1942 fand in Florenz eine große Versammlung der faschistischen und nationalsozialistischen Jugend Europas statt. Das von Alessandro Pavolini, dem Minister für Volkskultur, und Baldur von Schirach, dem Reichsjugendführer, geleitete Treffen stand unter dem Motto: «Das Europa von morgen».

Ich hatte bei den *Ludi Juveniles*, den literarisch-politischen Jugendwettspielen der Faschisten, den regionalen Ausscheidungswettkampf gewonnen und wurde zusammen mit Gaspare Giudice und Luigi Giglia, meinen Mitschülern am Gymnasium, zu dem Treffen eingeladen, wo ich eine Rede über das ideale Theaterrepertoire im Geist des Faschismus halten sollte. Wir waren in großen Zelten im Parco delle Cascine untergebracht, Jungen und Mädchen aus Italien, Deutschland und allen anderen von den Nazis besetzten Ländern, also Franzosen, Albaner, Portugiesen, franquistische Spanier, Polen, Ungarn, Tschechoslowaken und so weiter. Es herrschte ein babylonisches Sprachengewirr, ich erinnere mich, dass ein ungarisches Mädchen und ich uns auf Latein unterhalten haben, da wir beide Gymnasiasten waren.

Ich las viel, und meine Zweifel am Faschismus waren von Buch zu Buch stärker geworden, vor allem aber hatte ich Italiens Bündnis mit Deutschland nicht verwunden. In Florenz waren wir gut tausend junge Menschen, alle trugen wir makellose Uniformen in den Farben und Schnitten unserer jeweiligen Herkunftsländer. Am ersten Tag saßen wir alle versammelt im Stadttheater. Der Vorhang war noch geschlossen. Als er sich zum Beginn der Veranstaltung öffnete, sah ich verwundert, dass auf der Bühne nur eine riesige Hakenkreuzfahne hing. Mein Platz war ein Sessel direkt am Mittelgang, neben mir saß Gaspare. «Gaspare, wo sind wir hier eigentlich, in Italien oder in Deutschland?», fragte ich ihn.

«In Italien.»

Ich konnte mich nicht zurückhalten, eine unwiderstehliche Macht ließ mich aufspringen und mit sehr lauter Stimme rufen: «Weg mit der deutschen Fahne!»

Augenblicklich erstarb das Stimmengewirr und Gelächter, es wurde totenstill.

Ich stand immer noch und schrie wieder: «Weg mit der deutschen Fahne! Hängt die italienische Fahne auf!»

Schlagartig schloss sich der Vorhang. Die Stille im Theater war jetzt einem unaufhörlichen, erregten Summen gewichen. Nur die jungen Deutschen blieben ungerührt, sie saßen stumm auf ihren Plätzen. Der Vorhang ging wieder auf. Jetzt hing neben einer kleineren Nazifahne eine gleich große italienische Fahne. Ich spürte alle Augen auf mich gerichtet, aber ich sagte nichts, ich war zufrieden mit dem Resultat. Auf der Bühne erschienen nun Baldur von Schirach und ein anderer deutscher Offizier, ein Mensch groß wie ein Baum, das finstere Gesicht wie mit der Axt geschnitten. Er hieß, wie man uns sagte, Kaltenbrunner und war einer der ranghöchsten Nazi-Funktionäre (der später in Nürnberg gehängt wurde). Hinter ihnen stand Minister Pavolini.

Die drei setzten sich, und nach dem rituellen Gruß an

den Duce und an Hitler ergriff von Schirach das Wort, um zwei Stunden lang ohne Pause zu sprechen. Er beschrieb, wie das zukünftige Europa nach den Vorstellungen der Nazis aussehen werde. Während die Rede nach und nach ins Italienische übersetzt wurde, krampfte sich mir das Herz immer mehr zusammen. Das Europa, das von Schirach skizzierte, entstand vor unseren Augen als eine einzige gewaltige Kaserne, trostlos, kahl, eiskalt, von Menschen in Uniform bewohnt, die nur eine Losung kannten: «Gehorchen!»; die keine Möglichkeit hatten, selbständig zu entscheiden und individuell zu denken; die nur ein einziges Buch besitzen durften, das sie lesen, studieren, auswendig lernen mussten: Hitlers *Mein Kampf.* Von Schirach steigerte sich auch in eine Hetzrede gegen die sogenannte «entartete Kunst» hinein, für die es im Europa von morgen keinen Platz mehr geben würde.

Und hier stürzte ich in eine Art Angsttaumel, denn genau das war die Kunst, die ich liebte. Ich würde also nie mehr Gide lesen dürfen? Keine Zeichnungen oder Gemälde von Kokoschka mehr anschauen? Obwohl meine eigenen Gedanken mir Angst machten, wünschte ich mir am Ende der Rede mit aller Kraft, dass dieses Europa von morgen niemals Wirklichkeit werden würde.

Zuletzt ergriff Alessandro Pavolini das Wort. Seine Rede lag ganz und gar auf der Linie dessen, was von Schirach gesagt hatte, und dann geschah es. Nachdem er aufgehört hatte zu sprechen, stieg Pavolini von der Bühne, ging durch den Mittelgang, und als er auf meiner Höhe angekommen war, machte er mir ein Zeichen, ihm zu folgen. Ich erhob mich und ging mit ihm. Wir kamen ins Foyer, Pavolini hielt an, ich stand vor ihm, und er sagte nur ein Wort: «Vollidiot!»

Dann versetzte er mir mit dem rechten Fuß, der in einem glänzenden Stiefel steckte, einen heftigen Tritt in den Unterbauch, der mich zu Boden warf, wo ich mich keuchend vor Schmerzen zusammenkrümmte. Doch Gaspare und Luigi waren uns gefolgt, und sobald Pavolini außer Sichtweite war, baten sie einen Mann, der im Foyer stand, um Hilfe. Ich wurde ins Krankenhaus gebracht. Von dort verlegte man mich dank des Eingreifens von Conte Gaetani, dem Präfekten von Florenz und Freund meines Vaters, in eine Privatklinik, damit Pavolini mich nicht aufspürte. Erst zwei Tage später konnte ich zu dem Treffen zurückkehren und meine Rede halten.

Völlig durcheinander fuhr ich wieder nach Hause. Mit niemandem konnte ich über das sprechen, was mir passiert war und was sich in meinem Inneren abspielte. Wir lebten in einer Diktatur und in einer Zeit, die durch den Krieg noch gefährlicher wurde. Ich blieb ein paar Tage zu Hause, ging nicht zur Schule. Ich war mir sicher, dass ich kein Faschist mehr war, aber noch wusste ich nicht, was ich in Wirklichkeit war. Schlaflose Nächte folgten, in denen ich mich fragte, wie meine Zukunft in einer Welt aussehen würde, die ich durch und durch ablehnte. In jenen Tagen fiel mir ein Buch in die Hände, es war *So lebt der Mensch* von André Malraux, 1933 in Frankreich erschienen, im darauffolgenden Jahr in Italien gedruckt und erstaunlicherweise durch die Maschen der Zensur geschlüpft. Das Buch, das von einem kommunistischen Aufstand handelt, ließ mich buchstäblich fiebern. Beim Lesen entdeckte ich, dass alles, was der Faschismus über die Kommunisten sagte, gelogen war. Kommunisten hatten durchaus Ideale, sie fühlten und empfanden genau dieselben Freuden wie wir. Es war eine

Lüge, dass die Kommunisten ganz anders waren als ich, als Gaspare, als die Menschen in meiner Umgebung, die ich liebte. Sie waren keine Tiere ohne Würde, ohne Ehre, ohne Anstand, wie die Propaganda behauptete. Ja, sie hatten Ideale, und was für welche, sehr hohe, sie waren sogar bereit, für diese Ideale ihr Leben zu geben.

In dieser Nacht las ich das Buch in einem Zug durch. Ich bin mir sicher, dass sich nach der Lektüre große Mengen der Neuronen meines Gehirns von einer Seite zur anderen verschoben, dass eine radikale Veränderung in mir stattfand. Und ich spürte, dass diese Kommunisten mir nicht nur ähnelten, sondern auch meine Brüder waren, dass ihre Ideale meine eigenen waren, die ich bis dahin irrtümlich für vereinbar mit dem Faschismus gehalten hatte. Es waren drei Tage wirklicher Krankheit: Ich hatte 39 Grad Fieber, bekam Pusteln im Gesicht, und der eilig herbeigerufene Arzt diagnostizierte eine Lebensmittelvergiftung. Teilweise hatte er damit ins Schwarze getroffen, nur dass es sich nicht um eine Vergiftung handelte, sondern um die Zufuhr von neuem Blut, lebendigem, warmem, pochendem Blut, das mein Organismus erst zögerlich in sich aufnahm.

Wenn man mich fragt, wie um alles in der Welt ich mit achtzehn Jahren noch unter dem Faschismus ein junger Mann mit kommunistischen Ideen werden konnte, antworte ich, dass das glücklicherweise dank der zufälligen Begegnung mit *So lebt der Mensch* von André Malraux geschah.

Die Federala

Zur Zeit des Faschismus war der Federale, wie vormals der Präfekt, die höchste Autorität der Provinz und trug die Verantwortung dafür, dass die von der Partei erlassenen Anordnungen und Gesetze ausgeführt wurden. Seinem Befehl unterstanden ein stellvertretender Federale und alle Parteisekretäre, die für die Einhaltung faschistischer Regeln in den einzelnen Kommunen sorgen mussten. Für die faschistischen Frauen gab es auch einen weiblichen Federale, allgemein «die Federala» genannt.

1941 kam eine Federala aus Brescia nach Agrigent, die Ersilia Gucci hieß. Sie war um die vierzig, mittelgroß, energisch, gebieterisch, willensstark und immer in Uniform. Jeden Samstag begab sie sich in eine andere Stadt der Provinz, wo sie die faschistischen Frauen zusammenkommen ließ und ihnen leidenschaftliche Reden über die glänzende Zukunft hielt, die Italien und die Italiener dank der Führung des Duce Benito Mussolini erwarte. Nach einiger Zeit wurde bekannt, dass die Federala verheiratet war und mit ihrem Mann zusammenlebte. Allerdings hatte man die beiden nie gemeinsam gesehen, und nicht nur das: Der Mann der Federala verließ fast nie das Haus, und wenn er es tat, dann erst am späten Abend nach dem Essen. Kurzum, er war ein Mann, der sofort große Neugier weckte. Und so erfuhren wir etwas noch Außergewöhnlicheres. Während Signora Gucci nämlich eine lupenreine Faschistin war, hatte ihr Mann nie in die faschistische Partei eintreten wollen und durfte darum nicht arbeiten, denn damals war die Mitgliedschaft in der Partei Bedingung für eine Anstellung sowohl bei öffentlichen als auch bei privaten Arbeitgebern. Signor Gucci lebte also auf Kosten seiner Frau. Außerdem wurde bekannt, dass er ein sehr guter Gymnasiallehrer für Philosophie gewesen war, bevor er seine Lehrtätigkeit aufgeben musste.

Wie ich an anderer Stelle schon mal erzählt habe, begann nach dem internationalen Treffen der faschistischen Jugend im Mai 1942 und nach der Lektüre des Buchs *So lebt der Mensch* von Malraux auch mein Glaube an den Faschismus zu wanken. Als die Bombenangriffe zwischen Ende '42 und Anfang '43 häufiger wurden, erließ der Direktor des Gymnasiums in Agrigent genaue Instruktionen, wie wir im Falle eines Luftangriffs auf dem kürzesten Weg den Luftschutzkeller aufzusuchen hatten. Zu diesem Zweck wurde aus den Schülern der oberen Klassen ein Ordnungsdienst gebildet. Zehn Schüler, darunter auch ich, mussten sich beim Heulen der Sirenen auf der Strecke von der Schule bis zum Luftschutzkeller verteilen. Mir hatte man ausgerechnet den Platz am Ende einer schwankenden Holzleiter zugeteilt, die in den Kellereingang hinunterführte. Agrigent war noch nie bombardiert worden. Mein Heimatort dagegen erlebte Tag und Nacht Angriffe, daher war ich auf gewisse Weise schon vertraut mit der psychologischen Wirkung von Bomben.

Eines Tages heulte die Sirene. Der Ordnungsdienst rannte los, und wir erreichten die uns zugeteilten Plätze. Doch diesmal hatten die Amerikaner im Gegensatz zu früher beschlossen, die Stadt Agrigent zu bombardieren. Sofort brach Panik aus. Ich stand am Ende der Holzleiter und sah zu meinem Entsetzen, dass die Jungen, die vor allen anderen in den Schutzkeller wollten, einige Mädchen umgerannt hatten. Der Anblick machte mich so wütend, dass ich einen Stuhl nahm, der in Reichweite stand, und damit auf die Jungen einschlug. So konnte ich ein wenig Ordnung schaffen. Auch kamen mir sofort zwei oder drei Kameraden zu Hilfe, und gemeinsam gelang es uns, die Ruhe wiederherzustellen und den Mädchen den Vortritt zu lassen.

Am nächsten Morgen kam überraschend der Schuldirektor in unsere Klasse, umarmte mich, lobte mich öffentlich für mein Verhalten am gestrigen Tag und teilte mir mit, dass er mich für eine Auszeichnung durch den Federale empfohlen hatte. Dieser holte natürlich Informationen über mich ein und fand heraus, dass ich mich nicht nur vor den samstäglichen faschistischen Versammlungen gedrückt hatte, sondern auch Redakteur eines Blättchens war, aus dem, gelinde gesagt, wenig Begeisterung für den Faschismus sprach. Also erklärte er dem Direktor, dass er dessen Bitte um eine Auszeichnung nicht weiterleiten werde.

Die Nachricht von der Entscheidung des Federale verbreitete sich unter den Schülern. Wir schrieben den März 1943, als der Direktor mir eines Tages mitteilte, dass Signora Gucci, die Federala, mich für den morgigen Nachmittag um siebzehn Uhr ins Verbandshaus der faschistischen Frauen bestellt habe. Verwundert fragte ich mich, was zum Teufel sie von mir wollte, hatte ich sie doch höchstens ein paarmal bei den Versammlungen gesehen. Ich erschien pünktlich, Signora Gucci erhob sich mit faschistischem Gruß, und ich antwortete mit dem römischen Gruß. Sie forderte mich auf, ihr gegenüber Platz zu nehmen, dann sagte sie: «Ich wollte dich kennenlernen, weil man mir von deinem mutigen Verhalten während des Luftangriffs berichtet hat.»

Ich dankte ihr.

Sie musterte mich. «Ich habe auch die kleinen Artikel gelesen, die du für die Zeitung geschrieben hast.»

«Danke», sagte ich erneut.

Sie blickte mir lange in die Augen, schweigend, dann beugte sie den Kopf leicht zu mir vor und fragte: «Bist du überzeugt von dem, was du da schreibst, oder wiederholst du Dinge, die du belauscht hast?»

«Ich bin überzeugt von dem, was ich schreibe», antwortete ich.

«Kannst du ein Geheimnis bewahren?»

Höchst überrascht sagte ich: «Natürlich kann ich das.»

Nun schloss sie eine Schublade auf und reichte mir einen Umschlag. Ich öffnete ihn, er enthielt ein Buch, das sehr schlecht gedruckt war. Die Federala sagte: «Steck es wieder in den Umschlag, nimm es mit nach Hause, lies es, und nur wenn du einen sehr zuverlässigen Kameraden hast, gib es auch ihm zu lesen. Aber lass dir niemals ein Wort darüber entwischen, dass du dieses Buch von mir bekommen hast. Habe ich dein Ehrenwort?»

«Mein Ehrenwort», sagte ich.

Wir gaben uns die Hand.

«Auf Wiedersehen», sagte sie, verabschiedete sich aber merkwürdigerweise nicht mit dem faschistischen Gruß.

Zu Hause fing ich sofort zu lesen an. Das Buch trug den Titel *Morte di italiani*, der Autor war ein gewisser Stefano Terra, von dem ich noch nie gehört hatte. Doch das Überraschendste war, dass das Buch in Kairo in Ägypten gedruckt worden war und der Name des Verlags Giustizia e libertà (*Gerechtigkeit und Freiheit*). Das Buch war eine Propagandaschrift gegen den Faschismus, im Ausland gedruckt und heimlich nach Italien geschmuggelt. Es beschrieb die antifaschistische Arbeiterschaft von Turin.

Wer also war Signora Gucci? War sie die hundertfünfzigprozentig faschistische Federala, als die sie sich öffentlich zeigte, oder die treue Frau des antifaschistischen Ehemanns?

Maria Cosenza

Im Schuljahr 1942/43 besuchte ich die letzte Klasse des Gymnasiums. Für Sizilien waren dies die härtesten Kriegsjahre: Meine Heimatstadt Porto Empedocle wurde Tag und Nacht bombardiert. Die Einwohner lebten nicht mehr in ihren Häusern, sondern in den Luftschutzräumen, großen und einigermaßen sicheren Zufluchtsorten, weil sie in das Innere eines Hügels aus Mergelgestein gegraben waren. Die Leute hatten ihre Betten, Hausrat und Feldküchen hierhergebracht – meine Stadt war praktisch zu einer unterirdischen Festung geworden. Für den Schulunterricht musste ich entweder mit einem Bus oder mit der Eisenbahn nach Agrigent fahren. Doch da die Amerikaner damals alles unter Beschuss nahmen, was sich auf den Straßen bewegte, beschloss meine Mutter, mich in Agrigent bei einer entfernten, verwitweten Verwandten wohnen zu lassen.

In jenem Jahr sah man keine jungen Lehrer mehr an den Schulen, sie waren alle zum Dienst an der Waffe gerufen worden und entweder durch sehr alte oder sehr junge Lehrerinnen ersetzt worden, die noch an der Universität studierten. Aus unerfindlichen Gründen blieben sie immer nur kurze Zeit, ungefähr einen, anderthalb Monate, dann wurden sie ausgewechselt. Ich erinnere mich, dass wir in dem Jahr – außer den nicht versetzbaren Lehrern für Philosophie, Carlo Greca, und Italienisch, Emanuele Cassesa – nur ein einziges Mal einen männlichen Lehrer hatten.

Es handelte sich um einen Priester, Monsignore Saverio Cannata. Als wir ihn zum ersten Mal in unserer Klasse auftauchen sahen, staunten wir: Er war über neunzig Jahre alt, zahnlos, ein hünenhaftes Skelett im Priestergewand, das einmal schwarz gewesen sein musste, jetzt aber ins Schimmelgrün spielte. Der Lehrer trat ein, unter dem Arm eine abgewetzte Ledertasche, die er auf das Lehrerpult stellte. Er setzte sich und sagte mit hauchdünner Stimme etwas, was wir nicht verstanden. Pino Corso, der Tatkräftigste von uns, fragte: «Entschuldigt bitte, was habt Ihr gesagt?» (Damals durfte man sich nicht siezen, man musste sich mit Ihr ansprechen, so die faschistische Vorschrift.)

Daraufhin wiederholte der Monsignore die Worte ein wenig lauter, trotzdem hörten wir sie fast nicht: «Ich sagte guten Tag.»

«Guten Tag!», wiederholten wir im Chor. «Herzlich willkommen!»

Wir wussten, dass Padre Cannata im Griechischen eine angesehene Autorität war, er hatte mit seinen auf Altgriechisch verfassten Gedichten sogar internationale Wettbewerbe gewonnen. Er begann zu sprechen, offenbar über Aischylos, wenn wir ihn recht verstanden. Wir lauschten in ehrfürchtigem Schweigen, nicht wegen der Dinge, die er sagte, sondern weil wir uns verzweifelt bemühten, seine Worte zu verstehen. Ja, um ihn besser hören zu können, schlossen wir sogar die Fenster, damit der Straßenlärm nicht eindrang.

Nach einer Weile tat der Lehrer etwas sehr Merkwürdiges. Er stand auf, stieg mit seiner Tasche unterm Arm vom Podest des Lehrerpults herab, öffnete die Tür des Klassenzimmers und versteckte sich dahinter. Pino Corso konnte seine Neugier nicht bezwingen, er ging nachschauen, was der Priester hinter der Tür tat. Verwirrt drehte er sich zur Klasse um und sagte: «Er saugt Milch aus einem Fläschchen.»

Zunächst schwiegen wir bestürzt, dann sagte ich: «Ja, und? Schämt er sich etwa? Hol ihn, er soll sich wieder aufs Katheder setzen!»

Daraufhin Pino Corso zu ihm: «Nicht doch, Monsignore, Ihr müsst Euch nicht verstecken!», und er führte ihn Arm in Arm zu seinem Stuhl zurück.

Mit einem dankbaren Blick saugte der Monsignore weiter an seinem Fläschchen, und Pino setzte sich zurück auf seinen Platz.

Wir warteten, bis der Monsignore seine Milch getrunken und das Fläschchen in seiner Tasche verstaut hatte, dann stand Pino Corso auf, stieg aufs Podest und schlug ihm mit der Hand auf den Rücken: «So, Monsignore, nun macht ein schönes Bäuerchen!»

Kurz gesagt, wir nahmen ihn in unsere Gemeinschaft auf.

Leider blieb auch Monsignore Cannata nur einen Monat bei uns, dann verschwand er.

In dieser Zeit wohnte über meiner Verwandten eine etwa zwanzigjährige junge Frau, die im dritten Jahr an der Universität von Palermo studierte. Sie kam nicht aus Agrigent, sondern aus einem Nachbarort, darum hatte sie die kleine Wohnung gemietet, wo sie alleine lebte. Sie hieß Maria Cosenza. Ich begegnete ihr mindestens drei, vier Mal am Tag, also entstand zwischen uns eine gewisse Freundschaft. Wir begannen, abends miteinander auszugehen, ein Eis zu essen, einen Spaziergang zu machen oder ins Kino zu gehen. Unsere Freundschaft wurde von Tag zu Tag enger. Dann lud sie mich eines Abends zum Essen ein, denn sie hatte guten Fisch gefunden, den sie zubereiten konnte. Ich ging zu ihr, vielleicht tranken wir etwas zu viel Wein, jedenfalls fanden wir uns irgendwann eng umschlungen auf dem Sofa wieder, und so begann unsere heimliche Beziehung.

Eines Abends sagte sie: «Ab morgen wird Padre Cannata euch keinen Griechischunterricht mehr erteilen, ich werde ihn ersetzen.»

Ich erschrak.

«Das heißt, du wirst meine Lehrerin?»

«Ja.»

«Gut!», rief ich aus. «Dann werde ich endlich mal eine Drei in Griechisch haben!»

Sie sah mich an, ihre Miene war plötzlich ernst.

«Das kannst du vergessen! In der Schule wirst du für mich ein Schüler sein wie jeder andere. In Anbetracht unserer besonderen Beziehung werde ich dich vielleicht noch strenger behandeln.»

Sie hielt Wort. Während der zwei Monate, die sie meine Klasse unterrichtete, schaffte ich in Griechisch nicht mehr als ein Ungenügend.

Marschall Campagna

Der Marschall der Handelsmarine Emilio Campagna, 1932 an die Hafenkommandantur von Porto Empedocle versetzt, war seit über zehn Jahren auf diesem Posten und darum zu einer Art lebender Enzyklopädie für alles geworden, was den Verkehr im Hafen betraf, wie Wassertiefen, Strömungen und seichte Stellen der Gewässer vor den Kais. Außerdem war er ein wandelndes Barometer, seine Voraussagen trafen zu neunzig Prozent ein, darum wandten die Fischer sich immer an ihn, wenn das Wetter ungewiss war. Dem untersetzten, wortkargen Mann genügte ein Blick, damit seine Matrosen ihm bedingungslos gehorchten. Er hatte in Porto Empedocle eine junge Frau aus dem Ort geheiratet, die er anbetete. Seinen Vorgesetzten brachte er höchsten Respekt entgegen und pflegte kerzengerade strammzustehen, wenn sie ihn ansprachen.

Eines Tages kam der neue Kommandant der Hafenbehörde an, Oberst Valerio Poggio Brancato, ein Adeliger mit Marotten, die nicht unbedingt von einem gesunden geistigen Gleichgewicht zeugten. Zum Beispiel verlangte er, wenn er an einem Tag mit starker Sonneneinstrahlung den Hafen aufsuchen musste, dass ihn ein Adjutant begleitete, der neben ihm hergehen und recht unmilitärisch ein Schirmchen über seinen Kopf halten musste. Die Matrosen waren verpflichtet, die Gebäude der Hafenbehörde jeden Morgen gründlich zu reinigen, und er selbst widmete sich, sobald er sein Büro betreten hatte, einer minutiösen Inspektion noch der verborgensten Ecken. Er pflegte dann mit dem Finger über die Schreibtische zu fahren, um zu prüfen, ob ein Staubkörnchen liegengeblieben war. Wenn das zufällig vorkam, wurde der Verantwortliche streng bestraft.

Die Hafenkommandantur besaß ein Motorboot. Der neue Kommandant, der es auch benutzen wollte, um seine Frau darin spazieren zu fahren, ordnete an, in dem Fall seien die Holzbänke mit weichen Kissen zu bedecken, die er eigens hatte kaufen lassen. Er hatte außerdem den scharfen Befehl gegeben, dass diese Kissen nur für seine Frau auf die Bänke gelegt werden durften, niemals bei irgendeiner anderen Gelegenheit.

Eines Tages, es war 1942, ging ich meinen Vater am Hafen suchen und fand ihn im Gespräch mit dem Kommandanten. Es war ein sehr heißer Tag, also hielt der Adjutant dem Kommandanten den kleinen Schirm über den Kopf. Ich fand keine Zeit, mit Papa zu sprechen, denn plötzlich sahen wir das Motorboot auf den Kai zufahren, am Steuer saß Marschall Campagna. Entsetzt rief der Oberst aus: «Da liegen ja die Kissen auf den Bänken!»

Der Marschall hatte die Kissen mitgenommen, damit seine junge Frau darauf sitzen konnte. Kaum hatte Campagna angelegt und seine Frau war aus dem Boot gestiegen, rief ihn der Oberst, hochrot im Gesicht, laut und herrisch zu sich: «Campagna! Sofort herkommen!»

Der Marschall eilte herbei, grüßte militärisch und nahm vor seinem Vorgesetzten, der ihn streng anblickte, Haltung an.

«Campagna! Ich hatte befohlen, dass die Kissen nur

dann benutzt werden, wenn meine Frau in das Boot steigt. Erinnern Sie sich daran?»

«Jawohl.»

«Warum haben Sie die Kissen dann ausgelegt?»

«Weil meine Frau mit mir fuhr.»

«Und was soll das bedeuten?», fragte der Oberst in fast schon hysterischem Ton.

Campagna versteifte sich noch mehr in seiner Habtachtstellung, dann sagte er: «Herr Oberst, es bedeutet, dass der Hintern meiner Frau so viel wert ist wie der Hintern Ihrer Frau.»

Um ein Haar wäre der Oberst vor Wut erstickt. Campagna erwies ihm einen tadellosen militärischen Gruß, schlug die Hacken zusammen, drehte sich um und ging.

Kapitän Campanella

Ich war dreizehn Jahre alt, als Papa eines Tages beim Mittagessen zu Mama sagte, an diesem Abend würden wir einen Gast zum Essen haben, der uns noch nie besucht hatte, Kapitän Campanella, ein sehr guter Freund von Papa. Ich wusste, wer Campanella war, auch wenn ich ihn noch nicht gesehen hatte: Er war der Kapitän des sogenannten «Postschiffs», der Fähre, die zwischen Porto Empedocle und der Insel Lampedusa hin- und herfuhr, um die Post, Passagiere, Lebensmittel, Medikamente und Fahrzeuge zu transportieren. Um neun Uhr abends legte das Schiff in unserem Hafen ab und erreichte Lampedusa um sieben Uhr morgens. Von dort fuhr es um neun Uhr wieder los und kam um sieben Uhr abends in Porto Empedocle an. Das Essen würde an diesem Abend also auf halb acht Uhr vorverlegt werden und höchstens eine Stunde dauern.

Als es klingelte, ging ich öffnen. Der Kapitän trug seine Uniform, und ich bat ihn, einzutreten. Doch er blickte skeptisch auf die Tür und bewegte sich keinen Schritt vorwärts. Er überlegte sich ein Manöver, mit dem er es über die Schwelle schaffen konnte. Denn Campanella war klein, aber sehr dick. Nachdem er sich ein Bild von der Lage gemacht hatte, stellte er sich quer zur Tür, zog den Bauch ein, so gut er konnte, und quetschte sich, mit dem ganzen Körper gegen beide Seiten des Türrahmens scheuernd, hindurch.

Während des Abendessens erzählte er uns Geschichten, die sich auf seinen Fahrten ereignet hatten, alle sehr lustig, und ich erinnere mich noch immer mit großem Vergnügen an diesen Besuch.

Von dem Tag an machte er es sich zur Gewohnheit, jeden Donnerstagabend zum Essen zu uns zu kommen. Campanella bewegte sich schwerfällig, aber er war ein sprühender Geist, der fast alle Dinge von ihrer komischsten Seite sah. Wirklich lustig war die Erzählung, wie die Reederei die Koje in seiner Kabine und den Zugang zur Kommandobrücke seinem Körperumfang hatte anpassen müssen.

Als dann im Juni 1940 der Krieg erklärt wurde, musste Kapitän Campanella das Essen am Donnerstagabend oft ausfallen lassen. Papa erklärte uns, dass der Kapitän äußerst skrupulös bei allem war, was die Sicherheit der Passagiere während der Überfahrt betraf. Er kontrollierte persönlich, ob das Herablassen der Rettungsboote ordnungsgemäß funktionierte, er zählte die Rettungsringe und überprüfte immer wieder ihre Verteilung auf dem Schiff, damit die Passagiere sie auf dem schnellsten Weg erreichen konnten. Zwar hatte er großes Vertrauen zu seinem Ersten Offizier, aber er schlief lieber einen ruhigen Schlaf. Denn Campanellas Ruhepausen hatten eigenartige Zeiten. Wie er uns erzählt hatte, waren sie folgendermaßen unterteilt: drei Stunden nach der Abfahrt und drei Stunden vor der Ankunft.

Am 12. Februar 1942, es war eine sehr stürmische Nacht, erhielt die Hafenbehörde um sechs Uhr abends einen SOS-Ruf vom Postschiff: Der Kapitän funkte, dass sein Schiff wenige Seemeilen vor unserem Hafen von einem feindlichen U-Boot torpediert worden war und rasch sank. Zum Glück seien keine Passagiere an Bord, so Campanellas Nachricht, nur die Besatzung und das Dienstpersonal, insgesamt zweiundzwanzig Personen und er. Dann brach der Funkkontakt ab. In höchster Aufregung lief Papa nach Hause, zog sich um und sagte, er werde dem Postschiff mit vier Fischerbooten zu Hilfe kommen. Mama fing an zu weinen, flehte Papa an, nicht hinauszufahren, doch er blieb eisern. Ich zog meinen Regenmantel über und begleitete Papa zum Hafen. Dort blieb ich, bis die vier Motorfischerboote ablegten, dann kehrte ich nach Hause zurück. Ins Bett konnte ich noch nicht, denn Mama schickte mich zurück zum Hafen, weil sie fortwährend über den Stand der Rettungsaktion informiert werden wollte. Nach vier Stunden Wartezeit kam die erste Nachricht von der Flotte der Fischerboote: Man hatte die gesamte Besatzung aus ihren Rettungsbooten geborgen, aber von Kapitän Campanella gab es keine Spur.

Ich stand am Kai, als die Fischerboote anlegten und die Schiffbrüchigen ausstiegen. Alle waren unverletzt, aber man hatte ihnen Decken umgelegt, weil sie unterkühlt waren. Papa kehrte nach Hause zurück und erzählte uns, was die Mannschaft von ihrem Kapitän berichtet hatte. Als sein Schiff von dem Torpedo getroffen wurde, hatte Campanella sofort erkannt, dass nichts mehr zu machen war, und Befehl gegeben, das Schiff zu verlassen. Die Mannschaft hatte in den Rettungsbooten Platz genommen, die dann zu Wasser gelassen wurden. In der pechschwarzen Dunkelheit und inmitten der Blitze und Donner dieser höllischen Nacht hörten sie plötzlich Campanellas Stimme. Sie kam vom Schiff, das sich bereits gefährlich neigte: «Seid ihr alle in Sicherheit?»

Die beiden Rettungsboote hatten sich unterdessen in

der stürmischen See und der starken Strömung weit voneinander entfernt, darum konnte der Zweite Offizier in dem Boot, das noch näher am Schiff schwamm, nur antworten: «Wir wissen es nicht, Herr Kapitän!»

«Dann gehe ich nachschauen», sagte Campanella.

Das war das letzte Mal, dass sie seine Stimme hörten, denn wenige Minuten später wurde das Schiff rasend schnell vom Meer verschluckt. Die Besatzung war überzeugt, dass das Schiff für ihren Kapitän zur tödlichen Falle geworden war. Doch Papa wollte die Hoffnung nicht aufgeben. Zu Hause zog er sich abermals um, denn er war völlig durchnässt, und brach wieder auf, um Campanella zu suchen, dieses Mal nur mit einem Fischerboot. Die Mannschaft versorgte sich mit Wasser, Brot und Verbandszeug und fuhr wieder aufs Meer hinaus. Von Zeit zu Zeit nahmen sie Funkkontakt mit der Hafenkommandantur auf. So verging der erste Tag, dann der zweite. Erst am Nachmittag des dritten Tages meldete Papa, dass Kapitän Campanella gerettet werden konnte. In diesen Tagen hatte sich das halbe Städtchen vor der Hafenbehörde versammelt, um auf Neuigkeiten zu warten. Als bekannt wurde, dass er lebte und bei leidlicher Gesundheit war, brach ein nicht enden wollender Applaus los. Campanella wurde sofort ins Krankenhaus von Agrigent gebracht, und Papa blieb an seiner Seite, weil er wissen wollte, wie es wirklich um seine Gesundheit stand. Nachdem die Ärzte den Kapitän untersucht hatten, beruhigten sie Papa. In wenigen Tagen könne der Kapitän entlassen werden. Und so geschah es.

Doch es gab ein unvermutetes Problem. Campanella hatte sich befreien können, während das Schiff sank, und als er wieder an die Wasseroberfläche kam, hatte er ein großes

Brett mit vielen Haltegriffen entdeckt, das in seiner Reichweite schwamm. An dieses Brett hatte er sich geklammert und so überlebt. Er erzählte Papa, als er sich auf das Brett gezogen hatte, habe ihn augenblicklich eine unwiderstehliche Müdigkeit überfallen. Doch er habe sich gezwungen wach zu bleiben, denn er wusste, wenn er nur einen der Griffe losließ, wäre dies sein Ende gewesen. Seine nassen Kleider wogen schwer, darum streifte er sich mühsam die Schuhe ab, die Hose und das Hemd und lag nun in der Kälte nackt auf dem Brett. Manchmal stießen die hohen Wellen ihn zurück ins Wasser. Mit letzter Kraft zog er sich dann wieder auf das Brett, auf dem er nur mit dem halben Körper liegen konnte, denn es war zu klein für seine massige Gestalt. Sechzig Stunden lang konnte er auf diese Weise durchhalten, dann sah er das rettende Fischerboot auftauchen.

Das Problem war, dass er nichts mehr zum Anziehen hatte. Also lieh Papa sich Unterwäsche und einen Anzug bei einem Mann, der ungefähr dieselben Maße hatte wie der Kapitän, und brachte sie ihm ins Krankenhaus. Doch hier gab es wieder ein Problem, denn die Sachen waren Campanella zu weit. In den sechzig Stunden, die er auf dem Meer verbracht hatte, hatte er über fünfundzwanzig Kilo verloren. Das ganze Fett seines Körpers war verschwunden, aber vorher hatte es ihn vor dem sicheren Tod durch Erfrieren im eiskalten Wasser geschützt.

Er verließ das Krankenhaus in Kleidern, die in aller Eile nach seinen neuen Maßen angefertigt worden waren, und kam bald zum Abendessen zu uns. Als er wendig durch die Haustür eintrat, was ihm vorher nie geglückt war, konnte ich mich nicht zurückhalten, ich musste ihn umarmen.

Roberto Morsucci

Bei der Kulturolympiade der Jugend im Jahr 1950 ging ein bis dahin unbekannter Autor mit seinem Theaterstück als unangefochtener Sieger hervor, Roberto Morsucci. Sein Drama in Versen trug den Titel *Semicori* (*Halbchöre*). Mit der Inszenierung in Genua wurde der Regisseur Mario Landi betraut.

Auch ich war damals in Genua, denn ich hatte den ersten Preis in der Kategorie Lyrik gewonnen. Doch Landi, der mich seit langer Zeit kannte und wusste, dass ich die Theaterakademie in Rom absolviert hatte, bat mich, ihn als Regieassistent zu unterstützen.

Wir begannen mit den Proben, und vom ersten Tag an setzte Morsucci sich neben mich. Er war ein junger Mann mit rötlicher Haut und roten Haaren, der Hörgeräte in beiden Ohren trug, weil er halb taub geboren war.

Mario Landi probte an den ersten beiden Tagen. Am dritten Tag rief er mich morgens an und sagte, er müsse aus familiären Gründen für kurze Zeit nach Rom zurück, ob ich bitte mit den Proben fortfahren könne.

So arbeiteten wir eine Woche lang. Immer wenn ich Morsucci um einen Rat oder eine Erklärung bat, sagte er: «Mach es so, wie du denkst.»

Eines Abends fragte ich ihn beim Essen, was er von meiner Arbeit und den Schauspielern halte. Er antwortete: «Mir ist, als hätte ich das nicht geschrieben.»

Ich erschrak.

«Hast du den Eindruck, dass wir deinen Text verfälschen?»

«Nein, überhaupt nicht. Nur, je länger ich ihn höre, desto mehr habe ich das Gefühl, dass er mir nicht gehört.» Das war seine Antwort, mehr sagte er nicht.

Mario Landi konnte nicht mehr nach Genua zurückkommen, also führte ich die Probenarbeit zu Ende. Kurz vor der Generalprobe fragte mich Morsucci, ob seine Anwesenheit noch nötig sei. Ich antwortete nein, fügte aber hinzu, dass ich sehr gerne seine Meinung hören würde. Er setzte sich neben mich, doch wenige Minuten vor Schluss stand er auf und verließ das Theater ohne ein Wort.

Ich machte für die Schauspieler ein paar Anmerkungen zur Probe, dann kehrte ich ins Hotel zurück und sah ihn in der Lobby in einem Sessel sitzen.

«Warum bist du weggegangen?», fragte ich.

«Ich konnte es nicht länger aushalten», antwortete er. «Darf ich dich um einen Gefallen bitten?»

«Natürlich, worum geht es?»

«Könntest du dafür sorgen, dass das Stück nicht gespielt wird?»

«Bist du verrückt? Das ist unmöglich, die Premiere ist für morgen angekündigt. Das Theater ist ausverkauft!»

Morsucci schlug die Hände vors Gesicht, er schien verstört.

«Roberto, wenn mit der Inszenierung irgendetwas nicht stimmt, sag es mir ganz offen, denn wir haben noch Zeit für letzte Korrekturen. Ich kann die Schauspieler zusammenrufen, und ...»

Er unterbrach mich, traurig den Kopf schüttelnd.

«Nein, da ist nichts mehr zu machen.»

Und wieder einmal stand er auf und ging wortlos weg.

Am nächsten Tag kam das Stück auf die Bühne und war ein großer Erfolg. Aus dem Publikum hörte man Rufe: «Der Autor auf die Bühne!» Aber der Autor erschien nicht, um sich zu bedanken.

Einen Tag später erfuhr ich, dass er nach Rom abgereist war, wo er wohnte. Am übernächsten Tag, ich war noch in Genua, bekam ich einen Anruf vom wiedererstandenen Mario Landi.

«Wie zum Teufel hast du *Semicori* inszeniert?»

«Warum fragst du mich das?»

«Das sage ich dir gleich, beantworte erst meine Frage!»

«Ich glaube, ich habe es ganz gut gemacht, die Aufführung war ein voller Erfolg ...»

«War Morsucci denn bei den Proben dabei?»

«Immer. Aber warum stellst du mir eigentlich solche Fragen?»

«Weil Morsucci sich gestern erschossen hat. Er ist tot.»

Ich war wie vom Donner gerührt. Jetzt verstand ich den Sinn seiner Worte, als er mir gesagt hatte, er habe das Gefühl, dass dieses Stück ihm nicht gehöre. Es war nicht das Stück, es war wohl das Leben selbst, das ihm nicht mehr gehörte.

Silvano Falleni

Als Theater- und Fernsehregisseur habe ich mit vielen Bühnenbildnern zusammengearbeitet, darunter einigen sehr talentierten Künstlern, die sich bereits einen Namen gemacht hatten, wie Pier Luigi Pizzi oder Lele Luzzati. Doch Silvano Falleni, der völlig unbekannt war, überragt in meiner Erinnerung als Bühnenbildner und als Mensch alle anderen.

Das Schicksal gönnte ihm nicht genug Zeit, um so berühmt zu werden, wie er es verdient hätte. Aber er war wirklich ein Genie, daran gibt es für mich keinen Zweifel.

Orazio Costa führte ihn in die Kreise professioneller Bühnenbildner ein, er hatte in Florenz ein Stück mit Kulissen von Silvano gesehen, die ihn so beeindruckt hatten, dass er Silvano persönlich kennenlernen und beglückwünschen wollte. Wenige Monate später holte er ihn dann nach Rom. Silvano sollte das Bühnenbild für drei Stücke übernehmen, alles Abschlussprüfungen der Studenten der Accademia nazionale d'arte drammatica.

Silvano, damals kurz vor seinem dreißigsten Lebensjahr, zog aus seiner Heimatstadt Florenz nach Rom um und mietete den riesigen Dachboden eines Hauses direkt vor dem Kolosseum. Durch das schadhafte Dach tropfte eimerweise Regenwasser in den großen Raum.

Statt die Hausverwaltung zu bitten, das Dach zu reparieren, löste Silvano das Problem auf seine Weise. Er konstruierte ein kompliziertes System aus Röhren und Nylonfäden, durch die das Wasser in große Kanister geleitet wurde. Trotzdem blieb die Luftfeuchtigkeit in diesem Raum sehr hoch, darum hatte er ein Zelt aufgebaut, in dem er schlief. Neben dem Zelt hatte er aus einem auf zwei Böcken ruhenden Brett einen Tisch improvisiert.

Er war von sanftmütiger Wesensart, ein großer, kräftig gebauter Mann, der den Kopf immer ein wenig zur linken Schulter hin neigte und sein Gegenüber aus halbgeschlossenen Augen anblickte. Jeden Morgen ging er einen Scheck in der Bank einlösen, um genug Geld für die Bedürfnisse dieses einen Tages zu haben, darum waren seine Schecks selten höher als einhundert, zweihundert Lire. Den Bankangestellten, die ihn darauf hingewiesen hatten, dass ein solches Verfahren ihn bald mehr kosten würde als das mit den Schecks eingelöste Geld, antwortete er, dass er kein Bargeld in der Tasche haben wollte.

Große Summen benötigte er nur für seine wahre Leidenschaft, die Fotografie. Er trug immer eine Kamera um den Hals und schoss Fotos auf Schritt und Tritt.

Ich kann mit Sicherheit sagen, dass er es in seiner gesamten Laufbahn kein einziges Mal schaffte, ein fertiges Bühnenbild abzuliefern, alle seine Kulissen blieben unvollständig. Denn sobald Silvano vom Regisseur den Auftrag für einen Entwurf erhalten hatte, baute er das Bühnenbild eigenhändig und häufte dafür sämtliches Material, das er benötigte (Holz, Vorhänge, Farben) auf der Bühne an, wo die Aufführung stattfinden sollte.

Den Entwurf hatte er zwar im Nu skizziert, bei der Ausführung aber war er sehr langsam, da er sich jedes Mal in einen Tischler, Gerüstbauer und Maler verwandeln musste. Er arbeitete bis fünf Minuten vor Beginn des Stücks und musste dann buchstäblich von der Bühne gejagt werden.

Doch niemand im Publikum bemerkte, dass die Kulissen unvollständig waren, denn es handelte sich immer um Details, deren Fehlen die Schönheit des Bühnenbilds in keiner Weise schmälerte.

Ich hatte ihn bei drei oder vier Theaterstücken als Bühnenbildner. Am Tag der Premiere unserer Inszenierung von Gorkis *Nachtasyl* im römischen Theater Piccolo Eliseo teilte er mir um drei Uhr nachmittags mit, um seine Arbeit fertigzustellen, brauche er ein Stück Holz und eine Eisenstange, die er an einem bestimmten Ort gesehen habe, und wenn ich ihm ein Taxi besorgte, werde er die Gegenstände jetzt holen, um sie im Bühnenbild anzubringen. Unvorsichtigerweise bot sich meine Frau Rosetta an, ihn mit dem Auto zu fahren. Wie sie mir später erzählte, waren sie schon bis kurz vor Viterbo gekommen, als er sie plötzlich bat anzuhalten. Er stieg aus und verschwand in den Feldern, um nach etwa einer halben Stunde mit einem tropfnassen Holzbalken in Form eines Schnabels zurückzukommen. Als sie wieder im Theater auftauchten, war es schon sechs Uhr.

Silvano brauchte eine Stunde, um das Stück Holz in die Kulisse einzubauen. Daraufhin bat er Rosetta, sie jetzt nach Velletri zu fahren, um das Stück Eisen zu holen, das er brauche. Ich warf ihn aus dem Bühnenraum, und natürlich merkte niemand im Publikum, dass dem Bühnenbild ein Stück Eisen fehlte.

Nach diesem Projekt engagierte ihn ein anderer Regisseur, Ottavio Spadaro, für das Bühnenbild einer Tragödie in einem griechischen Theater. Hier ließ Silvano sich vier

Zentner feingemahlene Schalen von Venusmuscheln und Napfschnecken auf die Bühne bringen, die er mit Kalk vermischte, um daraus eine gigantische Kulisse zu bauen, deren Weiß mit Abermillionen winziger schwarzer Punkte durchsetzt war. Die Wirkung bei der Premiere war außergewöhnlich.

Doch wenn ein solches Bühnenbild der Augustsonne ausgesetzt wird, beginnt es schon nach ein paar Tagen zu stinken, also mussten die Zuschauer sich bei den folgenden Aufführungen ein Taschentuch vor die Nase halten.

Auch im Berliner Ensemble, wohin Silvano von Benno Besson geholt worden war, schaffte Silvano es nicht, das Bühnenbild fertigzustellen. Selbst in diesem Theater, das bekanntlich wie ein gut geöltes Uhrwerk funktioniert, gelang es Silvano irgendwie, den Ablauf ins Stocken zu bringen, tatsächlich musste auch Besson ihn von der Bühne entfernen lassen, damit die Aufführung beginnen konnte. Im Weggehen murmelte Silvano noch: «Wenn ich doch nur einmal ein Bühnenbild fertigstellen könnte!»

Ich engagierte ihn auch für das Stück *Odore di terra* von Siro Angeli, das im Theater der katholischen Freiwilligenorganisation Pro Civitate Christiana von Assisi aufgeführt werden sollte. Es handelte sich eher um ein Filmdrehbuch als um einen Theatertext, darum gab es viele Szenenwechsel in rascher Folge, die ein jeweils anderes Bühnenbild erforderten.

Silvano ersann drei kleine Drehbühnen, die vor der zentralen Bühne aufgebaut wurden, sodass der Hintergrund ohne Pause wechseln konnte. Eine dieser Szenen spielte im Paradies. Für dessen Darstellung ließ Silvano über der Hauptbühne eine Art Steg aus Gerüststangen bauen. Auf diesem Steg wollte er sein Paradies errichten. Doch der Steg war auch zwei Tage vor der Uraufführung immer noch ein nacktes Gerüst. Als ich ihn drängte, die Stangen endlich zu verkleiden, sagte er, das könne er nicht, weil er nicht wisse, wie das Paradies aussieht, er habe es ja noch nie gesehen. Ich erwiderte, es gebe durchaus Anschauungsmaterial für das Paradies, er müsse sich nur irgendein beliebiges Gemälde von Giotto ansehen. Silvano sagte nichts, verließ das Theater und kam nicht mehr zurück. Am Tag vor der Generalprobe beschloss ich, das Problem mit dem Paradies auf meine Weise zu lösen. Aus Watte und dünnem Draht ließ ich Wölkchen bauen, mit denen die Stangen vollständig verdeckt wurden.

Am nächsten Tag um drei Uhr nachmittags, kurz vor der Generalprobe in Anwesenheit von vier Kardinälen, acht Bischöfen und zahllosen Monsignori, Priestern und Nonnen, tauchte Silvano plötzlich wieder auf. Er sah die Wölkchen, drehte sich zu mir um und fragte: «He, was ist das denn für eine Puffdekoration?»

«Das ist das Paradies, das du nicht machen wolltest!»

Er verschwand. Nach zwei Minuten kam er mit einem schweren Hammer zurück und fing an, die Wölkchen zu zerstören. Ich explodierte. Wie ein Irrer fluchend verließ ich meinen Platz hinten im Zuschauerraum, durchquerte den ganzen Saal, sprang auf die Bühne, riss ihm den Hammer aus der Hand und gab ihm einen Schlag ins Gesicht. Und weil ich zwei Carabinieri hinter den Kulissen gesehen hatte, befahl ich ihnen in militärischem Ton: «Schafft ihn weg!»

Die beiden Carabinieri gehorchten dem mit so gebieterischer Stimme ausgestoßenen Befehl und schleiften Silvano von der Bühne.

Nachdem ich die Schäden an den Wölkchen behoben hatte, drehte ich mich zum Parkett um und sah, dass es menschenleer war. Entsetzt über meine Flüche, hatten Kardinäle, Bischöfe, Priester und Nonnen sämtlich die Flucht ergriffen.

Am Abend wurde das Stück aufgeführt und gleichzeitig im Fernsehen übertragen. Es war ein großer Erfolg, doch weil ich mich schuldig fühlte, bat ich Don Rossi, den Direktor von Pro Civitate Christiana, am nächsten Tag für mein Verhalten bei der Generalprobe um Verzeihung.

Er wies auf einen Kardinal, der mit einigen Kollegen unter einem Baum saß, und sagte: «Gehen Sie den Patriarchen von Venedig um Entschuldigung bitten, das ist der Mann da in der Mitte.»

Ich ging auf den Patriarchen zu, verneigte mich und sagte: «Ich bin gekommen, um mich für meinen Auftritt gestern im Theater zu entschuldigen.»

Der Patriarch sah mich an. «Warum kommst du, mich um Entschuldigung zu bitten? Du musst dir selbst vergeben können. Was mich betrifft, bist du jedenfalls entschuldigt.»

Ich bedankte mich und wollte wieder gehen, doch er rief mich zurück: «Dieser Herr mit dem Hammer», sagte er, «dem du den Faustschlag versetzt hast, der hatte es allerdings verdient.»

Wenige Tage später wurde der Patriarch von Venedig zu Papst Johannes XXIII.

Silvanos hemmungslose Liebe zur Fotografie habe ich schon erwähnt. Eines Tages zeigte er mir ein sehr eigenartiges Foto, für das er ein Weitwinkelobjektiv benutzt hatte. Rechts sah man den Schiefen Turm von Pisa. Er schien im nächsten Augenblick auf einen Mann zu stürzen, der vor dem Turm auf der Wiese lag. Der Mann hatte sich halb aufgerichtet und die Hand ausgestreckt, wie um etwas abzuwehren, das ihn bedrohte. Außergewöhnlich aber und nicht leicht zu beschreiben war der Ausdruck seiner Augen, dieser Blick drückte eine Mischung aus Staunen, Angst und Wut aus. Spontan fiel mir ein, Silvano zu fragen: «Was hast du bloß zu ihm gesagt, das ihn so erschreckt hat?»

«Ich habe gar nichts gesagt.»

«Was hast du ihm angetan?»

«Es war so, er schlief dort auf der Wiese, ich habe mich herangepirscht und die Kamera eingestellt, und dann habe ich meine Hose aufgemacht. Und während ich das Foto schoss, hab ich auf ihn gepinkelt. Danach bin ich weggelaufen.»

Darum war der Ausdruck in diesen Augen so schwer zu beschreiben. Es war der Blick eines Mannes, der friedlich schläft und sich plötzlich von einem Typen geweckt sieht, der ihm ins Gesicht pinkelt.

Nachdem Silvano Falleni noch einige wenige, aber außergewöhnliche Bühnenbilder geschaffen hatte, wurde er ins Psychiatrische Krankenhaus von Florenz eingeliefert.

Von dort rief er mich an. «Andrea, hier ist Silvano.»

«Silvano, was für eine schöne Überraschung! Wie geht es dir?»

Er antwortete mit einem ellenlangen Satz aus vollkommen unverständlichen Worten.

«In was für einer Sprache redest du da?», fragte ich.

«Das ist eine Astralsprache», antwortete er und legte auf.

Danach habe ich nichts mehr von ihm gehört.

Zwei Jahre später erfuhr ich, dass er im Krankenhaus gestorben war.

Arthur Adamov

Über Adamov habe ich schon einmal geschrieben. Jetzt komme ich wieder auf ihn zurück, weil mir scheint, dass er nicht nur in Italien vergessen ist, sondern auch in Frankreich, wo er lebte und arbeitete. Er war einer der drei großen Meister des absurden Theaters, die anderen beiden waren Samuel Beckett und Eugène Ionesco. Beckett war der Erste, der in Italien aufgeführt wurde, sein *Warten auf Godot* kam in Rom, im Teatro Duse unter der Regie von Luciano Mondolfo, auf die Bühne. Bald darauf gab es im Teatro dei Satiri Ionescos *Der neue Mieter* zu sehen.

Noch fehlte Adamov. Um die Lücke zu füllen, schlug mir Luigi Candoni, der das «Festival delle novità» ins Leben gerufen hatte, weil er dem italienischen Publikum die interessantesten neuen Werke des internationalen Theaters zeigen wollte, im Jahr 1957 vor, einen langen Einakter von Adamov mit dem Titel *Wie wir waren* zu inszenieren.

Ich kannte bereits ein anderes großartiges Theaterstück von Adamov, *Professor Taranne*, und fragte Candoni, ob man den Einakter, den er mir vorgeschlagen hatte, nicht durch dieses Werk ersetzen könne. Doch er beharrte auf seiner Auswahl. Also begann ich, wie es meine Gewohnheit war, mit den Schauspielern Trockenproben zu veranstalten.

Nach zwei Wochen ging ich zu Proben auf der Bühne des Teatro dei Satiri über. Am zweiten Tag wurden wir vom Pförtner des Theaters unterbrochen, der mir sagte, draußen sei ein französisches Paar, das mich sprechen wolle. Ich sagte ihm, er solle sie bitten, zehn Minuten zu warten, ich werde sie in der viertelstündigen Pause empfangen.

Und so geschah es. Ich sah ein sonderbares Paar durch den Flur auf mich zukommen: Er war ein Mann um die fünfzig und fast wie ein Bettler gekleidet. Seine nackten Füße steckten in den Sandalen der Franziskanermönche, die hellblaue Hose war aus grobem Tuch, ganz ähnlich wie Matrosen sie tragen, und um seine Schultern hing eine zerschlissene graue Sportjacke. Im Gegensatz zu ihm trat sie in schlichter Eleganz auf, ich erinnere, dass mir ihr Halstuch einer Edelmarke auffiel. Doch als die beiden vor mir standen, wurde mein Interesse auf ihre Augen gelenkt.

Die des Mannes waren groß, schwarz und tief. In seinem Blick drückte sich auf ganz natürliche Weise eine Art unendlicher Güte aus, doch dahinter ahnte man einen Schatten aus Verzweiflung und qualvoller Verstörung.

Ihre waren stechend, wie zwei Scheinwerfer, die ihr Gegenüber bis ins Innerste durchbohren konnten, ihre Pupillen schienen dich förmlich zu entblößen. Der Mann reichte mir die Hand und fragte mich auf Französisch, ob ich der Regisseur sei. Ich bejahte.

«Ich bin Arthur Adamov», sagte er. «Und das ist meine Frau Jacqueline.»

Im ersten Moment war ich sprachlos.

«Wussten Sie denn, dass ich Ihr Stück probe?»

«Nein, ich bin nur auf der Durchreise in Rom und habe draußen vor dem Theater das Plakat gesehen. So habe ich entdeckt, dass mein Werk hier auf dem Programm steht.»

Spontan sagte ich, wenn er ein wenig Zeit habe, könne er bei der Probe zuschauen, natürlich nur, wenn er wolle. Er stimmte begeistert zu. Ich ließ die beiden im Parkett Platz nehmen und fuhr mit der Probe fort.

Von Zeit zu Zeit schielte ich verstohlen zu ihnen. Sie saßen reglos da, hörten aufmerksam zu. Nach zwei Stunden machte ich wieder eine Pause. Ein bisschen nervös stieg ich von der Bühne und fragte Adamov nach seiner Meinung über das, was er gesehen hatte. Er lächelte.

«Ich bin voll und ganz einverstanden, aber es gibt zwei oder drei Dinge, die ...»

Er machte sehr treffende Bemerkungen. Um seine Anregungen nicht zu vergessen, ließ ich sofort weiterproben, und er zeigte sich hochzufrieden, weil ich seine Ratschläge befolgt hatte. Nach der Probe schlug er vor, gemeinsam essen zu gehen.

Bis zu dem Moment kannte ich außer dem Werk, das ich gerade inszenierte, und *Professor Taranne* kein anderes seiner Theaterstücke, aber in einer französischen Zeitschrift hatte ich einen herzzerreißenden, von ihm verfassten Bericht über die letzten Lebenstage des großen Theatermannes Antonin Artaud gelesen, der praktisch in seinen Armen gestorben war.

Eine Anspielung meinerseits auf diesen Artikel genügte, schon begann er darüber zu sprechen, und vor Erschütterung brach ihm manchmal die Stimme. Er erzählte, als wäre Artaud am Tag zuvor gestorben. Ich sagte, dass ich Artauds bedeutende theoretische Schrift *Das Theater und sein Double* leider bis jetzt nicht lesen konnte, und Adamov versprach, sobald er wieder in Frankreich sei, werde er mir ein Exemplar schicken, außerdem zwei bei Gallimard erschienene Sammelbände mit Artauds sämtlichen Theaterstücken.

Am nächsten Morgen sahen wir uns wieder und aßen

gemeinsam zu Mittag. Adamov erzählte, dass fast alle seine Arbeiten von Träumen angeregt seien. Die visionäre Kraft und das traumartige Geschehen in seinen Stücken seien das Ergebnis der Fähigkeit, ein anderes Leben in einer anderen Welt zu leben, nämlich der seiner Träume.

«Es sind aber eher Albträume als Träume», sagte ich.

Er lächelte.

«Das Leben ist ein Albtraum», erwiderte er.

Nach Frankreich zurückgekehrt, schickte er mir die versprochenen Bücher, und von da an entspann sich ein lebhafter Briefwechsel zwischen uns. Etwa vier oder fünf Monate später kam er wieder nach Italien, abermals in Begleitung seiner Frau. Er plane, einen guten Monat in unserem Land zu verbringen, sagte er mir, wolle sich aber die ganze Zeit nur in einer Stadt aufhalten, ohne Abstecher zu machen. Darum wolle er von mir wissen, welches die ideale Stadt für ihn sei. Ich musste nicht lange überlegen.

«Geh nach Livorno», sagte ich.

Er tat, wie ich ihm geraten hatte, und schickte mir nach einer Woche einen begeisterten Brief aus Livorno. Dass ich ihm diese Stadt empfohlen habe, zeige, wie tief ich ihn verstanden hätte, schrieb er.

Es war 1958, er hatte gehört, dass ich Regie bei Becketts *Endspiel* führte, und versprach, zur Premiere nach Italien zu kommen. Er hielt sein Wort. Dieses Mal kam er nicht in Begleitung seiner Frau, sondern eines brillanten jungen Kritikers aus Frankreich, Bernard Dort, den ich dem Namen nach schon kannte. Nach der Vorführung gingen wir gemeinsam zu Abend essen, doch bevor das Essen kam, stand Arthur auf und ließ Becketts Telefonnummer wählen. Nach etwa zehn Minuten kam das Gespräch zustande. Er ging zur Telefonkabine und machte uns ein Zeichen, wir sollten mitkommen. Am Telefon sagte er Beckett, die Inszenierung, die er gerade gesehen habe, gefalle ihm sehr viel besser als die von Roger Blin in Paris. Dann gab er den Hörer an den jungen Dort weiter, der sich in Elogen über meine Regiearbeit erging. Zuletzt war ich an der Reihe, mit Beckett zu sprechen. Ich zitterte und war schweißgebadet. Beckett dankte mir, und ich dankte ihm, dass er mir die Gelegenheit gegeben hatte, mit einem so faszinierenden Text zu arbeiten.

Als Adamov nach Frankreich zurückgekehrt war, schrieben wir uns weiterhin, und er schickte mir seine jüngsten Theaterarbeiten. Aber sie hatten einen neuen Ton und eine neue Zielrichtung. Es waren eindeutig politische Texte, verfasst unter dem Einfluss des Brecht'schen Theaters.

Von Adamov inszenierte ich für das Fernsehen noch einen anderen langen Einakter, *Le ricomparse*, mit Lilla Brignone in der Hauptrolle, den er jedoch nicht sah.

Von 1968 an antwortete er nicht mehr auf meine Briefe, er war zu sehr damit beschäftigt, auf der Welle des Pariser Mai zu reiten, an dem er in vorderster Front teilnahm, er lebte mitten unter den Studenten, die «Die Phantasie an die Macht!» forderten. Solange er einsam träumte, hatte er großartige Theaterstücke von unnachahmlichem Zauber geschrieben. Aber nun wollte er einen kollektiven Traum teilen, den des Pariser Mai, und als dieser Traum zerbrach, konnte er, obwohl seine Frau Jacqueline ihm ohne Unterlass liebevoll zur Seite stand, der tiefen Depression, in die er gestürzt war, nichts mehr entgegensetzen.

Er suchte den Freitod mit einer Überdosis Schlaftabletten. Er wurde zweiundsechzig Jahre alt.

Um an ihn zu erinnern, ließ ich Jahre später meinen Regieassistenten Dirk van den Berg Regie bei jenem *Professor Taranne* führen, den ich so gerne selbst inszeniert hätte. Und Ruggero Jacobbi, der Direktor der römischen Theaterakademie, brachte eine schöne Fassung von *Alle gegen alle* auf die Bühne.

Danach fiel der Name Adamov, soweit ich weiß, in Italien einem ungerechtfertigten Vergessen anheim.

Virgilio Marchi

Der Architekt Virgilio Marchi war mein Professor für Bühnen- und Kostümbildnerei an der Accademia nazionale d'arte drammatica. In seinen Vorlesungen, wie auch beim Unterricht in Regie bei Orazio Costa, war ich der einzige Student, denn in dem Jahr hatte keiner außer mir die Aufnahmeprüfung an der Akademie bestanden. Als Architekt hatte Marchi fast überall in Italien Theater entworfen und gebaut, und als Bühnenbildner hatte er sowohl in der Oper als auch im Sprechtheater gearbeitet. Sein Name war eng mit Luigi Pirandello verbunden, denn als dieser 1925 in Rom sein Teatro d'arte gründete, hatte er den jungen Marchi als ständigen Bühnenbildner engagiert. Marchi entwarf schon das Bühnenbild für das allererste Stück, das dort aufgeführt wurde, *Sagra del Signore della nave.* Er war durch und durch Lehrer, seine Vorlesungen waren von mustergültiger Klarheit, und sehr oft ersetzte er Worte durch Zeichnungen, ging immer wieder zur Tafel, um mit Kreide mal eine Skizze, mal einen Kostümentwurf zu zeichnen. Seine fixe Idee war die Perspektive, die er mir anhand von großen Kunstwerken anschaulich machte. Doch er tat noch mehr für mich: Als er einmal mit dem Bühnenbild für das römische Opernhaus beauftragt wurde, durfte ich ihm beim gesamten Entstehungsprozess vom Entwurf bis zum Aufbau der Kulissen auf der Bühne zuschauen.

Dieser praktische Unterricht lehrte mich viel. Lehrreich waren auch die vielen Stunden, die Marchi mir in Livorno gab. Während er dort das neue Teatro Quattro Mori erbauen ließ, holte er mich auf seine Kosten in die Stadt, um mir zu erklären, warum die Bühne im Verhältnis zum Saal eine gewisse Größe haben müsse, und vor allem machte er mir begreiflich, wie ungeheuer wichtig die Akustik für das Sprechtheater sei.

Marchi wohnte in Rom in einer hübschen kleinen Villa auf halber Höhe des Hügels hinter dem Piazzale Flaminio. Er lud mich oft zu sich nach Hause ein, und der Weg dorthin war für mich wie ein Ausflug aufs Land. Äußerlich wirkte er grob, unnachgiebig und wortkarg, in Wirklichkeit war dieses Verhalten, wie ich bald verstand, eine Art Schutzschild für seine ausgeprägte Sensibilität. Nach so vielen Jahren bewahre ich noch immer die Hefte auf, in die ich während seiner Vorlesungen Notizen schrieb. Wenn ich gelernt habe, welches die passende Beleuchtung für eine Aufführung ist, dann verdanke ich das nur ihm.

Im Sommer 1950 gab es einen Zwischenfall. Alle Studenten der Akademie, außerdem eine große Schar bereits diplomierter Schauspieler wie Rossella Falk, Tino Buazzelli, Bice Valori, Nino Manfredi, Paolo Panelli und andere, wurden von besagtem Costa zu einer Aufführung des Stücks *Le petit pauvre* von Jacques Copeau unter seiner Regie eingeladen. Dort erregte ich Anstoß, ohne es zu wollen, aber darum soll es hier nicht gehen. Als die Akademie im September jenes Jahres wieder öffnete, kam das Kollegium der Professoren zusammen, um über disziplinarische Maßnahmen gegen mich zu entscheiden. Ich wartete ängstlich vor dem Zimmer, in dem das Kollegium tagte. Plötzlich ging die Tür auf und schloss sich wieder, die Sekretärin war herausgekommen.

«Wie ist es gelaufen?», fragte ich mit Herzklopfen.

«Sehr schlecht für dich. Die Entscheidung des Präsidenten bekam die Mehrheit. Sie haben beschlossen, dir das Stipendium zu entziehen und dich das erste Jahr wiederholen zu lassen.»

Ich war tief gekränkt.

«Sollen sie mir meinetwegen das Stipendium entziehen, aber ich habe doch die beste Note bekommen, wie können sie dann ...»

«Sie können, sie können!», erwiderte die Sekretärin kalt und ging weg.

Ich begriff, dass diese Maßnahme einem Ausschluss aus der Akademie gleichkam. Ohne Stipendium würde ich nur schwer zurechtkommen, aber irgendwie hätte ich überlebt. Doch dass man mich das erste Jahr wiederholen ließ, erschien mir als eine unerträgliche Ungerechtigkeit. In diesem Moment kam der Präsident, Silvio D'Amico, heraus.

«Kann ich Sie sprechen?», fragte ich.

«Komm in mein Büro.»

Ich folgte ihm, er schloss die Tür. Ich war zornig. «Herr Präsident, Sie verstehen, dass ich eine Wiederholung des ersten Jahres niemals akzeptieren werde.»

«Wenn du das nicht akzeptierst, musst du gehen.»

«Na gut», sagte ich, «ich gehe. Aber erst müssen Sie mir erklären, warum Sie so erbittert gegen mich vorgehen.»

«Weil ... weil du zu allem Überfluss auch noch Sizilianer bist, und die Sizilianer ...»

«Haben Sie viele kennengelernt?», unterbrach ich ihn.

«Nur einen. Und das hat mir gereicht: Luigi Pirandello.»

Hier muss ich einen Einschub machen: Als ich im darauffolgenden Jahr zum ersten Mal Regie führte, war Silvio D'Amico, der außerdem als Theaterkritiker der Tageszeitung «Il Tempo» arbeitete, voll des Lobes über meine Arbeit.

Ich versuchte weiter, mich zu verteidigen, sah aber bald ein, dass alles vergeblich war, sein Entschluss stand fest. Also verließ ich das Gebäude der Akademie, ging langsam durch die Straßen und dachte über meine Zukunft nach. Ich war verärgert und entmutigt. Da hörte ich eine Stimme: «Camilleri!»

Ich blieb stehen, drehte mich um. Es war Virgilio Marchi, der mir entgegenlief.

Er legte mir eine Hand auf die Schulter und drückte mich an sich: «Ärgere dich nicht. Diese Akademie hat die üble Angewohnheit, die Besten rauszuwerfen. Vor Jahren haben sie das mit einem so großartigen Regisseur wie Ettore Giannini gemacht. Kopf hoch, mein Haus steht dir offen, komm mich besuchen, wann immer du magst. Wenn du Geld brauchst, werde ich eine kleine Arbeit für dich suchen, und wenn das alles nicht klappt, kommst du bei mir zu Hause essen.»

Zu Tränen gerührt, dankte ich ihm. Er drückte mir die Hand. «Vergiss nicht, dass ich dir immer zur Seite stehen werde, denn du bist jemand, der eines Tages genau das tun wird, was er sich wünscht. Du bist einer von diesen Menschen.»

Seine Worte bestärkten mich darin, nicht nach Sizilien zurückzugehen, in Rom zu bleiben und mit aller Kraft zu versuchen, weiter in der Welt des Theaters zu leben.

Wenn ich Regisseur geworden bin, wenn ich den Weg, den ich gehen wollte, nicht verlassen habe, dann verdanke ich das einzig und allein den Worten des Architekten Virgilio Marchi.

Lucio

Lucio war mein Kommilitone an der Theaterakademie, doch während ich Regie studierte, hatte er den Studiengang für Darstellung belegt. Er war ein ziemlich großgewachsener junger Mann, rötlich die Haut und die Haare, und er war ein Einzelgänger. Unter den zwanzig Studenten seines Jahrgangs gab es keinen, mit dem er Freundschaft geschlossen hätte. Unsere Vorlesungen fanden zu unterschiedlichen Zeiten statt, doch sobald sich eine Gelegenheit ergab, fragte er meinen Professor Orazio Costa, ob er bei dessen Vorlesungen in Regie dabei sein dürfe. Wenn er in meine Klasse kam, wo ich der einzige Student war, setzte er sich stumm in eine Ecke und blieb dort ganz still bis zum Schluss sitzen. Am Ende des ersten Studienjahres fragte mich Lucio, ob ich in den Ferien nach Sizilien zurückfahren oder noch eine Zeitlang in Rom bleiben würde. Ich antwortete, einen Monat würde ich mindestens noch bleiben.

«Darf ich dich um einen Gefallen bitten?»

«Natürlich.»

«Könntest du mir Privatstunden geben? Im nächsten Jahr möchte ich wechseln und die Prüfung für die Aufnahme in Regie machen.»

«Kein Problem», antwortete ich.

So begann ich, ihm Privatstunden zu geben. Sie fanden in seiner Wohnung statt. Das war bequemer, weil er allein in einem kleinen Apartment in der Nähe der Piazza del Popolo zur Miete wohnte, während ich damals ein Zimmerchen in einer Pension hatte. Am ersten Tag öffnete er mir nur mit Unterhose bekleidet.

«Weißt du, Andrea, zu Hause laufe ich immer nackt herum. Nur weil du kommst, habe ich mir eine Unterhose angezogen.»

«Meinetwegen kannst du sie auch ausziehen», sagte ich.

Wir setzten uns an seinen Tisch aus einer dicken, durchsichtigen Glasplatte, die auf vier schmiedeeisernen Beinen ruhte. An diesem ersten Tag redeten wir ganz allgemein übers Theater und über Stücke, die wir gemeinsam gesehen hatten.

Als ich zur zweiten Stunde kam, war er komplett nackt. Dieses Mal würde nur ich sprechen, er sollte sich Notizen machen, darum legte er ein Heft und einen Kugelschreiber vor sich auf den Tisch. Ich begann zu reden. Nach einer knappen Stunde bemerkte ich, dass eine Fliege über seinen linken Handrücken spazierte. Blitzschnell fing er sie mit der rechten Hand ein, und zu meinem Erstaunen behielt er die Fliege einfach in der geschlossenen Faust, als wenn nichts vorgefallen wäre. Nach einer Weile fiel mir auf, dass er beide Hände unter dem Tisch versteckt hatte, vielleicht dachte er, dass ich von meinem Platz aus nicht sehen konnte, was unter der Glasscheibe geschah. Während er gespannte Aufmerksamkeit für meinen Vortrag heuchelte, sah ich ihn zwei Finger der linken Hand in die zur Faust geschlossene Rechte stecken, und heraus kam die zwischen Daumen und Zeigefinger seiner linken Hand gefangene Fliege. Vorsichtig, und immer bemüht, vor mir zu verbergen, was er machte, riss er der Fliege beide Flügel aus und ließ sie auf den Boden fallen. Danach steckte er die Fliege wieder in die geschlossene rechte Hand. So behielt er sie eine ganze Weile, dann tat er so, als müsste er sich an der Oberlippe kratzen, und legte dabei die Hand an den Mund. Mir wurde klar, dass er die Fliege heruntergeschluckt hatte. Eine schnelle, leichte Bewegung seines Kiefers bestätigte meine Vermutung. Ich war fassungslos.

«Du hast sie gegessen?!»

«Ja.»

«Warum denn das?»

«Fliegen schmecken mir.»

«Aber warum hast du ihr erst die Flügel ausgerissen?»

«Die Flügel finde ich eklig», lautete die Antwort.

Ich hatte Durst, aber bei der Vorstellung, ein Glas zu benutzen, aus dem jemand getrunken hatte, der Fliegen aß, verging es mir.

In der dritten Stunde passierte wieder etwas Merkwürdiges: Lucio hatte eine kleine Metallschachtel vor sich auf den Tisch gestellt, und im Verlauf des Unterrichts öffnete er sie zwei- oder dreimal, hielt sie sich unter die Nase und roch mit offensichtlicher Befriedigung am Inhalt. Das Ganze wiederholte sich in der nächsten Stunde. Als er mich um eine kurze Pause bat, weil er auf die Toilette musste, konnte ich, allein im Zimmer, meine Neugierde nicht bezwingen. Ich streckte die Hand aus, nahm die Schachtel und öffnete sie. Ein Blick und der Geruch, der mir sofort in die Nase stieg, genügten, um zu erkennen, dass die Schachtel voll frischer menschlicher Fäkalien war. Ich schloss die Schachtel, und als Lucio von der Toilette zurückkam, verkündete ich ihm, meine Eltern hätten darauf bestanden, dass ich sofort nach Sizilien zurückkam. Deshalb sei dies meine letzte Stunde.

Salvo Randone

1957 gelang es Giuseppe Giacovazzo, der bis dahin mit großem Erfolg das Piccolo teatro in Bari geleitet hatte, alle Provinzen Apuliens zusammenzutrommeln und mit ihnen eine Theaterkompagnie ins Leben zu rufen, das Teatro regionale pugliese. Das Unternehmen war mit einem beträchtlichen Etat ausgestattet. Da ich schon im Piccolo mit ihm zusammengearbeitet hatte, engagierte er mich als ständigen Regisseur des neuen Ensembles. Wir entschieden zusammen über das Programm und die Schauspieler.

Unser Wunschtraum war, Salvo Randone verpflichten zu können, aus meiner Sicht einer der besten Schauspieler der zweiten Hälfte des 20. Jahrhunderts. Wir erwarteten langwierige Verhandlungen, doch Randone willigte fast sofort in unser Angebot ein. Das Debüt der neuen Truppe sollte *Mord im Dom* von T. S. Eliot sein. Für die Regie des Stücks holten wir Orazio Costa, unter den italienischen Regisseuren fraglos der geeignetste für dieses Werk von so hohem dramatischem und poetischem Rang. Ich hatte noch nicht mit Randone gearbeitet, aber fast alle seine Aufführungen in Rom gesehen, und jedes Mal hatte er mich gerührt und fasziniert. Randone und Costa hingegen hatten schon oft zusammengearbeitet, sie schätzten einander sehr.

Nach den ersten Proben wurde mir klar, dass Randone, Sizilianer wie ich, ein hochgebildeter Mann war, außerordentlich belesen, ein Liebhaber klassischer Musik, aber einen schwierigen Charakter hatte.

Auch seinen geradezu wahnhaften Aberglauben durfte ich kennenlernen: Wenn eine schwarze Katze vor ihm quer über die Straße lief, machte er kehrt und nahm einen anderen Weg. Wenn auf der Bühne zufällig jemand pfiff, beschimpfte er den Armen; er zwang eine Schauspielerin, nach Hause zu gehen und sich umzuziehen, weil sie ein violettes Kleid trug; wenn einem Schauspieler das Regiebuch aus der Hand glitt und zu Boden fiel, musste es dreimal auf die Bühnenbretter geschlagen werden. Und so weiter.

Die erste Aufführung des Stücks von T. S. Eliot im Teatro Piccinni in Bari war ein wahrer Triumph, sowohl dank Randones Schauspielkunst als auch dank der klugen, eindrücklichen Regie von Costa. Danach begannen wir mit unserer Tournee durch die ganze Region, das erste Ziel war Lecce. Am Tag vor der Aufführung überwachte ich mit dem Inspizienten den Aufbau des Bühnenbildes und bereitete die Beleuchtung vor. Die Truppe traf am nächsten Tag gegen fünf Uhr nachmittags ein, und kurz darauf kam Giacovazzo höchst aufgeregt zu mir ins Theater.

«Was ist los?», fragte ich.

«Randone geht es schlecht, er hat sich ins Bett gelegt und darum gebeten, heute Abend nicht auftreten zu müssen.»

«Wäre es nicht besser, wenn ihn ein guter Arzt untersucht?»

Giacovazzo bejahte, selbstverständlich sei das besser. Ich erkundigte mich bei einem Freund, der in Lecce lebte, und er sagte, seiner Meinung nach sei der beste Arzt der Chefarzt und Chirurg am örtlichen Krankenhaus. Ohne Zeit zu verlieren, suchte ich sofort diesen Arzt auf.

«Der Herr Professor operiert gerade», sagte mir eine Krankenschwester, «aber die Operation ist gleich beendet, wenn Sie warten wollen …»

Und sie schickte mich in ein kleines Wartezimmer. Kurz darauf kam der Chirurg, noch im Kittel, mit Handschuhen und Mundschutz. Höflich fragte er mich nach meinen Wünschen. Ich legte ihm die Situation dar.

«Wir fahren sofort zu ihm», sagte er. «Ich habe für heute Abend zwei Plätze reserviert und möchte nicht, dass die Aufführung platzt.»

Wir fuhren in seinem Auto zu dem Hotel, in dem Randone logierte. Der Professor ging hinauf in sein Zimmer, ich blieb in der Lobby.

Eine Stunde später kam er wieder herunter.

«Kommen Sie mit mir», sagte er.

Ich stieg in sein Auto. Er hielt vor einer Apotheke, bat mich zu warten und kam dann mit einer Schachtel wieder, die ein Tropfenfläschchen enthielt.

«Davon soll er sofort fünfzehn Tropfen nehmen.»

Das nächste Ziel war mein Hotel, er war so freundlich, mich mit dem Auto hinzubringen. Während der Fahrt wagte ich zu fragen, woran Randone leide.

«Ihm fehlt überhaupt nichts», sagte er. «Er ist bloß erschrocken über erste Anzeichen der Andropause. Diese Tropfen sind ein Beruhigungsmittel.»

An diesem Abend trat Randone auf.

Nach einem Monat Tournee durch Apulien ging die Kompagnie nach Rom, um mit demselben Stück im Teatro Valle zu debütieren. Zwei Stunden vor der Aufführung erkundigte ich mich am Kartenschalter: Das Theater war ausverkauft, es gab keinen einzigen freien Platz mehr. Ich ging zurück in mein Zimmerchen, plötzlich stürzte Giacovazzo mit finsterem, höchst besorgtem Gesicht herein.

«Randone ist in seiner Garderobe, er will nicht auftreten. Es geht ihm sehr schlecht, sagt er. Ich habe versucht, ihn umzustimmen, aber er scheint fest entschlossen. Wenn er nicht auftritt, ist das eine Katastrophe für uns: Das Theater ist ausverkauft, wir müssten das Eintrittsgeld zurückzahlen. Bitte versuch du, ihn zu überreden!»

Ich spürte Wut in mir aufsteigen. Sollte Randone dasselbe Spielchen spielen wie in Lecce? Ich nahm all meinen Mut zusammen, klopfte an die Tür seiner Garderobe und trat ein. Randone saß ungeschminkt in einem Sessel und hatte sein Kostüm noch nicht angezogen.

«Wie fühlen Sie sich?», fragte ich in aggressivem Ton.

«Ich habe Schmerzen im ganzen Körper, ich kann nicht spielen.»

«Gut», sagte ich. «Wenn das so ist, lasse ich Sie sofort von einem Arzt untersuchen.»

Er nahm meine Worte als persönliche Beleidigung.

«Glaubst du mir nicht?», fragte er erregt.

«Es geht nicht um glauben oder nicht glauben. Sie verstehen, wenn das Stück nicht aufgeführt wird, müssen wir das Eintrittsgeld zurückerstatten, und in dem Fall brauchen wir unbedingt ein ärztliches Attest, um uns bei unseren Geldgebern zu rechtfertigen.»

Er antwortete nicht. Ich verließ die Garderobe, und nach einer Viertelstunde erschien der Arzt, den Giacovazzo gerufen hatte. Zitternd warteten wir auf seine Diagnose. Die Untersuchung dauerte eine halbe Stunde, dann kam der Arzt aus der Garderobe, schloss die Tür hinter sich und sagte: «Ihm fehlt absolut nichts, er hat nicht mal erhöhte Temperatur. Ich glaube, es geht ihm hervorragend. Eine Krankschreibung kann ich nicht ausstellen.»

Ich stürmte in Randones Garderobe. «Der Arzt hat gesagt, Ihnen fehlt nichts», erklärte ich in gebieterischem Ton. «Also stehen Sie jetzt sofort von diesem Sessel auf und lassen sich schminken und anziehen!»

Ich ging hinaus, schloss die Tür hinter mir. Randone trat auf, und die Vorstellung wurde zu seinem persönlichen Triumph.

Zu Hause schlief ich fast sofort ein, von der Anspannung zu Tode erschöpft. Zwei Stunden später klingelte das Telefon, es war Giacovazzo.

«Gerade eben hat mich Randones Lebensgefährtin angerufen. Es ging ihm so schlecht, dass man ihn ins Krankenhaus bringen musste. Morgen früh wird er operiert.»

Ich erstarrte.

«Was hat er denn?»

«Ich weiß es nicht», antwortete Giacovazzo. «Aber ich fahre jetzt schnell ins Krankenhaus, und sobald ich etwas weiß, rufe ich dich an.»

Den Rest der Nacht verbrachte ich neben dem Telefon. Erst um neun Uhr morgens erhielt ich den langerwarteten Anruf.

«Er hatte etwas am Magen, aber nichts Ernstes. Sie haben ihn operiert, und der Eingriff ist sehr gut verlaufen. Aber die Vorführungen von *Mord im Dom* müssen wir natürlich verschieben.»

Doch noch während er im Krankenhaus lag, bat Randone darum, von seinem Vertrag befreit zu werden, damit er sich ganz seiner Genesung widmen könne. Ich hatte nicht den Mut, ihn zu besuchen, um mich von ihm zu verabschieden. Offenbar hatte der Arzt, den ich zu ihm geschickt hatte, einen schweren Fehler begangen: Randone war an jenem Abend wirklich krank gewesen, und ich hatte ihn gezwungen, in diesem Zustand auf die Bühne zu gehen.

In den darauffolgenden Jahren arbeitete ich oft als Regisseur bei Produktionen der RAI, des staatlichen Rundfunk und Fernsehens. Immer wieder versuchte ich, Randone als Hauptdarsteller für eine meiner Inszenierungen zu gewinnen. Doch jedes Mal gab mir das Besetzungsbüro der RAI dieselbe Antwort: Sie hatten Randone kontaktiert, sie hatten ihm meine Bitte vorgelegt, doch er hatte erklärt, er stehe nicht zur Verfügung. Nach der sechsten abschlägigen Antwort begriff ich, dass er nicht mehr mit mir zusammenarbeiten wollte.

Eines Nachmittags standen wir uns plötzlich zufällig im Flur des Direktoriums der RAI gegenüber. Ich begrüßte ihn, er antwortete nicht und ging weiter. Also lief ich hinter ihm her und nötigte ihn, stehen zu bleiben.

«Erklären Sie mir bitte, warum Sie nicht mehr mit mir arbeiten wollen?»

Er blickte mich finster an.

«Nun gut, ich will dir sagen, warum. An dem Abend im Valle ging es mir ausgezeichnet, ich hatte nur keine Lust zu spielen. Doch du hast mir den Arzt auf den Hals geschickt, und du bist es gewesen, der mich krank gemacht hat. Wenn du mir diesen Arzt nicht geschickt hättest, wäre es mir blendend gegangen. Du hast mir Unglück gebracht, also habe ich mir geschworen, nie mehr mit dir zu arbeiten.»

Nach diesen Worten ging er weg, ohne sich von mir zu verabschieden.

Und seither hatte ich keine Gelegenheit mehr, auf den Bühnenbrettern dem Menschen zu begegnen, den ich noch heute für einen der größten Schauspieler halte, die Italien je gehabt hat.

Lia Giudice

Lia Giudice war die ältere Schwester von Gaspare, meinem Freund und Klassenkameraden auf dem Gymnasium. Zwischen beiden bestand ein beträchtlicher Altersunterschied, Lia war schon Italienischlehrerin am Gymnasium Empedocle, das Gaspare und ich besuchten.

Ich schrieb damals heimlich Gedichte, die ich nur Menschen zu lesen gab, denen ich vertraute. Wahrscheinlich schämte ich mich ein bisschen.

Nach dem ersten Trimester unseres ersten Gymnasialjahrs war ich mir sicher, dass ich offen mit Gaspare sprechen konnte. Also gab ich ihm das Heftchen mit meinen Gedichten, nahm ihm aber das Versprechen ab, mit niemandem darüber zu reden. Natürlich waren diese poetischen Versuche stark von D'Annunzio beeinflusst, dessen vier Gedichtbände aus dem Einaudi-Verlag ich gelesen hatte. Vom Dreigestirn der Dichterfürsten Carducci, Pascoli und D'Annunzio, die wir in der Schule durchnahmen, hatte ich mir den Letzteren auserkoren. Gaspare aber hielt sein Versprechen nicht und gab seiner Schwester Lia das Heftchen.

Als ich eines Nachmittags bei ihm zu Hause war, sagte er mir, obwohl meine Gedichte so deutlich von D'Annunzio beeinflusst seien, hätten sie doch irgendwie einen eigenen Ton. Darum habe er es als seine Pflicht angesehen, sie seiner Schwester zu lesen zu geben, die eine Expertin für zeitgenössische Lyrik sei. Ich war ein bisschen enttäuscht von Gaspare, aber mir blieb keine Zeit, ihm Vorwürfe zu machen, denn gleich darauf stieß Lia zu uns, in den Händen mein Gedichtheft. Bei der Lektüre habe sie bemerkt, erklärte sie, dass ich mit einem echten poetischen Gefühl begabt sei, aber ihrer Meinung nach müsse ich jetzt unbedingt meinen Horizont erweitern. Sie sagte: «Nach D'Annunzio und Pascoli ist nur in Italien etwas wirklich Bedeutendes auf dem Gebiet der Lyrik geschehen. Ich möchte dir ein paar Namen vorschlagen. Zuallererst musst du *I colloqui* von Guido Gozzano lesen, wenn du willst, leihe ich dir das Buch.»

Noch am selben Abend begann ich Gozzano zu lesen, und ich las bis zum nächsten Morgen. In einer einzigen Nacht hatten Gozzanos Ironie, seine scheinbare Schlichtheit, sein geschmeidiger Rhythmus D'Annunzios gesamtes Arsenal aus Geschwätz hinweggefegt. Unter dem Vorwand, ihr das Buch zurückgeben zu wollen, bat ich selbst um die nächste Begegnung mit Lia. Und dieses Mal erzählte sie mir von Eugenio Montale, nein, sie tat noch mehr, sie ging in ihr Zimmer, kam mit seinem Lyrikband *Die Knochen des Tintenfischs* zurück und las mir ein paar Gedichte vor.

Ich war begeistert, wagte aber nicht, sie auch noch um dieses Buch zu bitten.

Also beschloss ich, nach Palermo zu fahren, in der Buchhandlung Flaccovio würde ich Montale sicherlich finden. Damals waren es von Agrigent aus drei Stunden Fahrt mit einem Dampfzug. Ich kam in Palermo an, ging zur Buchhandlung, fand das Buch, kaufte es und nahm den Zug zurück. Schon auf der Fahrt begann ich zu lesen. Die Lektüre berührte mich so sehr, dass mir, als ich das Buch schloss, Tränen übers Gesicht liefen. Der Bauer, der mir gegenübersaß, blickte mich erstaunt an.

«Warum weinst du?», fragte er.

Ich schämte mich.

«Mir muss etwas Ruß ins Auge geflogen sein.»

Lia Giudice verdanke ich auch die nächste Bekanntschaft mit einem Lyriker, Umberto Saba, der zusammen mit Montale, Luzi und Gatto eine feste Größe in meinem Leben geblieben ist. Noch heute, mit über neunzig, sage ich mir im Geist Verse dieser vier Dichter auf, weil sie mir die Beschwerlichkeiten meines hohen Alters erträglicher machen.

Die kleine Sardelle

Um den täglichen Bombenangriffen zu entfliehen, zog meine Familie Anfang Mai 1943 nach Serradifalco, einem Städtchen im Inneren Siziliens, zu einer entfernten Verwandten, Zia Concettina genannt. Die verwitwete Tante lebte ganz allein in einer riesigen Villa, ihre einzige Gesellschaft war ein junges Hausmädchen mit Namen Pina. Zu siebt kamen wir dort an: Großvater Vincenzo und seine Frau Elvira, Carolina, meine Großmutter mütterlicherseits, meine Mutter, ihre Schwester Elisa, ihr Bruder Massimo und ich. Papa hatte als kriegswichtiger Angestellter der Hafenkommandantur von Porto Empedocle daheimbleiben müssen.

Wir wurden alle bequem untergebracht. Keiner von uns hätte erwartet, dass Serradifalco ein so angenehmer und heiterer Aufenthaltsort werden würde. Ich durfte sogar ein besonders schönes Zimmer bewohnen, einen Raum mit vier Fenstern an der Spitze eines Türmchens. Ich hatte nicht viele Bücher mitnehmen können, doch zur Entschädigung fand ich im Bücherschrank der Villa eine umfangreiche Bibliothek. Sie hatte dem Ehemann der Tante gehört, der sein ganzes Leben lang Soldat gewesen war und es bis zum Rang eines Divisionsgenerals gebracht hatte. Die Vorlieben des Generals reichten von Abhandlungen über den Krieg bis zu erotischen Romanen von Pitigrilli, Mariani und Guido da Verona. Kurzum, ich konnte nicht klagen.

Das Hausmädchen Pina ließ sich von dieser Besucherinvasion nicht im Mindesten aus der Ruhe bringen, obwohl unsere Gegenwart sicher sehr viel mehr Arbeit für sie bedeutete. Sie war eine junge Frau mit feinen Gesichtszügen, wortkarg, klein und schmaler als eine Salzsardelle, sodass ich ihr den Spitznamen «die kleine Sardelle» gab.

Sie war von sanftmütiger, gefügiger Wesensart und neigte dazu, alles, was geschah, zu entdramatisieren. Eines Tages fragte Mama sie, ob die viele Arbeit, die unsere Ankunft ihr bereitete, sie nicht allzu sehr ermüde. Die Antwort lautete: «Na, sind's eben ein paar Leute mehr, das kann mich doch nicht kratzen.»

Eine andere Bemerkung, die ich von ihr hörte, war: «Meine Güte, was für ein Durcheinander wegen so ein bisschen Krieg!»

Die Lebensmittel wurden knapp.

«Pina, was kochst du uns zum Abendessen?»

«Nun, bisschen Kartoffeln.»

«Werden die aber für alle reichen?»

«Oh ja! Wir haben noch ein Dutzend Säcke.»

Als ich am 1. Juli eingezogen wurde und mich zum Marinestützpunkt in Augusta begeben musste (dort blieb ich nur zehn Tage, denn als die Nachricht kam, dass die Alliierten in der Nacht vom 9. auf den 10. Juli gelandet waren, desertierte ich und konnte nach einer abenteuerlichen Reise wieder zu meiner Familie stoßen), fand ich bei meiner Rückkehr eine völlig veränderte Situation vor. Das Paradies von Serradifalco hatte sich in eine Hölle verwandelt. Die Division Hermann Göring hatte ihr Lager weniger als hundert Meter von der Villa entfernt aufgeschlagen, und sie hatten ihre Kanonen mitgebracht. Die Alliierten standen in kürzester Entfernung, aber noch griffen ihre

Truppen nicht an, aus Angst, zu große Verluste erleiden zu müssen.

Da wir jetzt nicht nur den Luftangriffen ausgesetzt waren, sondern auch dem andauernden Artilleriebeschuss des Gegners, verließen wir unsere bequemen Zimmer und zogen in die beiden großen Kellerräume, die in den kahlen Fels gehauen waren. Dorthin brachten wir unsere Betten und alles, was wir für den täglichen Bedarf benötigen würden. In die Keller gelangte man über eine dunkle steinerne Treppe mit unregelmäßigen Stufen. Die Küche blieb natürlich dort, wo sie war, aber da das Kanonenfeuer nie aufhörte, stieg nur Pina hinauf, um uns eine improvisierte Mahlzeit zu kochen und aus den Resten ein Abendessen zuzubereiten.

Zia Concettina schlug vor, einen dieser mit Holz geheizten Herde in den Keller zu bringen, damit Pina nicht zweimal am Tag ihr Leben riskierte. Doch die kleine Sardelle entgegnete: «Vor den paar Kanonenschüssen soll ich Angst haben?»

Meine Bewunderung für ihren Mut wurde immer größer.

Nach dem dritten Tag bemerkte ich etwas Eigenartiges: Jeden Tag pünktlich um fünf Uhr nachmittags hörten der Bombenhagel und die Kanonenschüsse auf, und nach etwa einer Stunde begannen sie wieder. Ich habe nie erfahren, warum das geschah, aber so war es.

Eines Nachmittags um fünf Uhr wurde die Tür zu der Treppe, die nach unten in den Keller führte, mit einem Tritt aufgestoßen, und oben erschien ein deutscher Offizier, eine Pistole in der Hand.

Kaum war er durch die Tür getreten, schoss er in die Luft. Zu Tode erschrocken versuchten wir alle, uns in dunklen Ecken zu verstecken. Der Deutsche kam die Treppe herunter, und sofort fiel sein Blick auf die sechs großen Fässer an der Wand, die in einer Reihe auf eisernen Stangen ruhten. Torkelnd ging er darauf zu, er war offenbar schon betrunken, und klopfte mit dem Griff seiner Pistole gegen eines der Fässer, dann gegen das zweite und dritte. Nachdem er sich auf diese Weise vergewissert hatte, dass die Fässer voller Wein waren, sagte er, auf ein Fass hauend, zu allen und keinem: «Ich will Wein!»

Niemand rührte sich, nur Pina kam nach ein paar Sekunden mit einer Flasche in der Hand hervor, füllte sie und reichte sie dem Deutschen. Der sagte «Danke», verbeugte sich schwankend und ging.

Am nächsten Tag wiederholte sich die Szene mit einer Variation. Denn nachdem der Deutsche die Tür aufgerissen hatte, nahm er sich den Helm ab und warf ihn auf den Boden. Dann wollte er wieder schießen, aber Pina rief: «Nicht!»

Sie holte eine weitere Flasche, füllte sie mit Wein und reichte sie dem Deutschen.

Aber es gab noch eine Variation: Plötzlich packte der Deutsche Pina am Arm und schleppte sie mit sich über die Treppe nach oben. Bevor er die Tür schloss, hob er noch seinen Helm auf und setzte ihn sich auf den Kopf. Nach fünf Minuten kam Pina zurück, sie schien sehr verstört. Statt sich wie immer neben Zia Concettina zu setzen, verkroch sie sich in einer dunklen Ecke des Kellers. Zio Massimo und ich verständigten uns mit einem Blick, und nachdem wir eine Weile gewartet hatten, gingen wir zu Pina. Der Onkel fragte sie, was passiert war.

«Kommt mit», sagte Pina, erhob sich und ging die Treppe hinauf. Wir folgten ihr. Als wir oben im Wohnzimmer waren, erzählte Pina, dass der Deutsche sie umarmt und versucht hatte, sie zu küssen, ja, sogar ihren Rock hochgehoben hatte. Aber sie hatte sich mit einem Tritt gewehrt, und der Deutsche war lachend weggegangen.

«Gott sei Dank, du hast Glück gehabt», sagte ich.

«Jaja, aber ich bin sicher, der versucht es morgen wieder!»

«Mal sehen, wie es morgen wird», sagte Zio Massimo.

Am nächsten Tag schleifte der Deutsche Pina wieder mit nach oben und schloss die Kellertür hinter sich.

Zio Massimo und ich gingen hinter der Tür horchen. Wir hörten Pinas Schreie und das Gelächter des deutschen Offiziers. Dann Stille. Wir öffneten die Tür, Pinas Kleider waren in Unordnung.

«Was hat er dir getan?», fragte ich.

«Er wollte mich ausziehen, dann hat er sich die Hose aufgeknöpft und verlangt, dass ich unanständige Dinge mache. Diesmal konnte ich weglaufen. Aber ich weiß nicht, ob ich das noch mal schaffe.»

Sie machte eine Pause, und während sie ihr Kleid in Ordnung brachte, sagte sie diesen unglaublichen Satz: «Morgen bring ich den um!»

«Wie willst du das machen? Bist du verrückt?»

«Um fünf Uhr setz ich mich oben auf die Treppe. Wenn er reinkommt, sieht er erst mal nichts, weil er noch von der Sonne draußen geblendet ist. Ich geh mit ihm die Treppe runter, dann stelle ich ihm ein Bein, sodass er fällt. Hoffentlich bricht er sich den Hals.»

«Und wenn er sich nichts bricht?»

Noch ruhiger sagte Pina: «Dann brech *ich* ihm den Hals.»

«Wie denn?»

«Ich zeig's euch.»

Wir gingen zurück in den Keller. Am Fuß der Treppe war ein Loch im Felsen, dort hatte Pina einen schweren Hammer versteckt, mit dem die Fässer vernagelt wurden.

«Ich hab mir was überlegt. Er hat keinen Helm auf, also gibt ihm einer von euch damit eins über den Schädel.»

«Und wenn die Deutschen ihn suchen kommen?»

«Ich hab an alles gedacht», sagte Pina. «Wir stecken die Leiche in das letzte Fass, da ist kein Wein mehr drin.»

«Aber wie kriegen wir ihn da rein?»

«Ist doch leicht! Man braucht nur die hintere Wand vom Fass abnehmen und danach wieder annageln.»

Wir machten uns ans Werk und brauchten eine halbe Stunde, um die hölzernen Dauben zu entfernen, an denen der hintere Deckel des Fasses befestigt war.

Und so hatte sich die kleine Sardelle von einem sanftmütigen Hausmädchen in eine potenzielle Mörderin mit perfektem Plan verwandelt.

Von diesem Plan erzählten wir keinem anderen Familienmitglied. Bei der kleinsten Andeutung hätten sie wahrscheinlich versucht, uns davon abzubringen, aber Zio Massimo und ich wollten um jeden Preis Pinas Ehre retten.

Am nächsten Nachmittag wartete ich mit wachsender Angst, dass es fünf Uhr schlug. Fünf Minuten vor fünf stieg Pina die Treppe hoch und setzte sich auf die letzte Stufe. Ich war wie gelähmt von dem Grauen, das gleich über unseren Keller hereinbrechen würde. Also ging Zio Massimo zur Treppe und ergriff im Halbdunkel den Hammer. Um Punkt fünf Uhr, ich hatte gerade auf die Uhr geschaut, hörten wir statt des üblichen Geräuschs der Tür, die mit einem Tritt aufgestoßen wurde, ein von allen Seiten losbrechendes, ungeheures Donnern explodierender Bomben. Es war nicht nur das Artilleriefeuer, auf das die deutschen Kanonen antworteten, sondern auch ein Geschwader Jagdbomber, das den Stützpunkt der Deutschen mit Brandbomben angriff.

Der Offizier ließ sich weder an diesem noch an den folgenden Tagen blicken. Und so fiel unser geplantes Verbrechen aus.

Doch von dem Tag an wagte ich nicht mehr, das Hausmädchen mit dem Spitznamen kleine Sardelle zu rufen. Ich nannte sie immer bei ihrem Namen, Pina, und sprach ihn mit dem allerhöchsten Respekt aus.

Franco Cannarozzo

Als Papa nach Enna versetzt wurde, war das Erste, was er tat, eine Wohnung in der Nähe seines Büros zu mieten, damit Mama und ich ihm nach Enna folgen konnten. So kam es, dass ich, geboren und aufgewachsen in einem anderthalb Meter über dem Meeresspiegel liegenden Städtchen, mich im Februar 1945 plötzlich in der höchsten Provinzhauptstadt Italiens wiederfand, ebenjenem Enna, das auf einem neunhundertfünfzig Meter hohen Berg liegt.

Die ungewohnte Kälte in unserer nur von zwei Kohlebecken geheizten Wohnung war so schrecklich, dass ich in der ersten Nacht, obwohl ich unter zwei dicken Bettdecken lag, erst einschlafen konnte, als ich mir eine Sturmhaube über den Kopf gezogen hatte. Drei Tage lang wagte ich nicht, aus dem Haus zu gehen, dann steckte ich, eingehüllt in zwei Wollpullover und einen dicken Mantel, die Nase vor die Tür. Ich ging zum Aussichtspunkt und blieb stehen, um das herrliche Panorama zu betrachten. Zunächst war ich allein dort, an die Brüstung gelehnt, dann stellte sich ein junger Mann ungefähr in meinem Alter, groß, mager, bebrillt, neben mich. Ich hörte das Geräusch eines Flugzeugs und hob den Kopf, um den Himmel abzusuchen. In dem Moment gab mir der Junge, ohne etwas zu sagen, einen Klaps auf den Rücken und bedeutete mir mit dem Zeigefinger, dass ich nicht nach oben, sondern nach unten schauen müsse. Tatsächlich erblickte ich nun das Flugzeug, aber unter uns.

«Ich heiße Franco Cannarozzo», stellte er sich vor.

Er war mir sofort sympathisch, und wir verabredeten uns für den Nachmittag im Café Centrale. Als ich dort ankam, war Franco in Gesellschaft zweier junger Männer, die er mir ebenfalls vorstellte, Arnoldo Farina und Salvatore Pasqua. Von diesem Moment an bildeten wir ein unzertrennliches Quartett. Da meine drei neuen Freunde eifrige Leser waren, wie ich, mangelte es uns nie an Gesprächsthemen. Und so konnte ihre Freundschaft mich leidlich für die Kälte entschädigen, die mir bereits in die Knochen gekrochen war.

Salvatore liebäugelte mit einem Mädchen, was hier ganz wörtlich zu verstehen ist, denn sie durften sich zwar von weitem anlächeln und zuwinken, aber ohne irgendeinen körperlichen Kontakt. Den machte die strenge Aufsicht der Eltern und der möglichen Brüder des Mädchens unmöglich. Salvatores Flamme wohnte in einem der höchsten Häuser der Stadt, auf einem Felsen, der steil ins Land abfiel. Einmal bat Salvatore mich, für ihn Wache zu stehen, denn er musste mal wieder liebäugeln gehen. Ich sollte ihn auf einem Landweg begleiten, von dem aus man an einer bestimmten Stelle das Haus des Mädchens sehen konnte. Als wir dort ankamen, bat er mich zu warten und ging quer über die Felder, um so nahe wie möglich an den Balkon heranzukommen, auf dem das Mädchen sich zeigen würde.

Während ich auf einem Stein sitzend Wache hielt, sah ich einen Mann den Weg hinaufgehen, wohl ein Bettler, denn seine Hose war voller Löcher, und die überall geflickte Jacke hatte Sicherheitsnadeln statt Knöpfe. Es war ein alter Mann, der mit beiden Händen einen Sack voller Kräuter festhielt, den er sich auf den Rücken geladen hatte.

Ohne mich anzusehen, ging er an mir vorbei, dann kehrte er seltsamerweise wieder um. Vor mir befand sich eine Art Brunnen, der mit einem verrosteten Stück Blech bedeckt war. Der Bettler hielt davor an, legte den Sack ab, zog einen weißen Kreidestein aus der Tasche und schrieb damit etwas, was ich nicht lesen konnte, auf das Blech. Dann schulterte er seinen Sack und ging seiner Wege. Neugierig geworden schaute ich nach, was er geschrieben hatte. Auf dem Blech standen fünf Zahlen: 18, 27, 35, 72 und 85. Ich setzte mich wieder auf den Stein und zündete mir eine Zigarette an. Nach einer Weile kam Salvatore zurück, der aus einer Entfernung von etwa dreihundert Metern mit seinem Mädchen geliebäugelt hatte, und wir kehrten zurück in die Stadt. Im Café Centrale erzählte ich ihm die Geschichte von dem Bettler. Er sprang in höchster Erregung auf.

«Erinnerst du dich an die Zahlen?»

«Nein.»

«Komm, wir müssen sie uns sofort anschauen!»

Wir gingen zurück zu der Stelle und schrieben uns die Zahlen auf.

«Warum interessieren dich diese Zahlen so sehr?», fragte ich Salvatore.

«Verstehst du denn nicht? Diese Zahlen muss man unbedingt sofort im Lotto spielen!»

«Na gut», sagte ich. «Ich bin dabei.»

Aber es gab ein Problem. Damals hatte Enna noch keine Verkaufsstelle für Lottoscheine. Um mitzuspielen, musste man nach Palermo, und zwar bis spätestens Freitag, denn am Samstag wurde der Tippschein nicht mehr angenommen. Während wir noch diskutierten, stießen Arnoldo und Franco zu uns. Wir erzählten ihnen die Geschichte von dem

Bettler, und auch sie beschlossen, mitzumachen. Zu viert kamen wir auf fünfhundert Lire, was damals viel war.

Da machte uns Franco Cannarozzo einen Vorschlag. Wir sollten ihm das Geld aushändigen, denn zufällig plante er am nächsten Tag, einem Donnerstag, nach Palermo zu fahren. Am darauffolgenden Montag würde er wieder zurückkommen. Wir gaben ihm das Geld, er schrieb sich die Zahlen auf, und wir trennten uns. Damals fand die Ziehung am Samstagabend statt, und die Gewinnzahlen wurden am nächsten Tag im «Giornale di Sicilia» veröffentlicht.

An diesem Sonntag, es mochte um zehn Uhr morgens gewesen sein, war ich noch zu Hause, als Arnoldo und Salvatore keuchend und mit der Zeitung wedelnd angelaufen kamen. Arnoldos Stimme überschlug sich, als er mir verkündete, dass die Quinterne, die wir in der Lotterie von Palermo gespielt hatten, tatsächlich gezogen worden war. Wie von Sinnen vor Freude fingen wir an, uns die Summe auszurechnen, die jeder gewonnen hatte, damals für uns sehr viel Geld. Den ganzen Sonntag verbrachten wir in einem Zustand seliger Trunkenheit, jeder erzählte, was er mit dem gewonnenen Geld machen würde. Wir alle hatten große Träume, aber unser gemeinsamer Plan war, Sizilien zu verlassen und in den Norden zu gehen, mindestens nach Mailand.

Die Nacht zwischen Sonntag und Montag verbrachten wir bei Arnoldo, wir tranken, rauchten und hörten auf einem Grammophon mit Kurbel Arnoldos geliebte Opernmusik. Um acht Uhr morgens eilten wir alle drei zu Francos Wohnung. Seine Mutter öffnete uns und erklärte, Franco sei erst gegen fünf Uhr morgens im Auto eines Freundes aus Palermo zurückgekommen, darum liege er noch in tiefem Schlaf. Davon wollten wir nichts wissen, wir stürzten in sein Zimmer und machten das Fenster weit auf.

«Was ist los? Was ist passiert?», fragte Franco noch benommen.

«Es ist passiert, dass wir den Fünfer gewonnen haben!», rief Salvatore jubelnd.

Wir erwarteten eine freudige Reaktion von Franco, aber der schlug die Decke zurück, setzte sich im Bett auf und sah uns einen nach dem anderen an. Er war völlig weiß im Gesicht. Wir begriffen sofort, dass etwas schiefgegangen war.

«Ich muss euch was sagen.»

Das Schlimmste ahnend, brachte keiner von uns ein Wort heraus. Mit gesenktem Kopf, fast flüsternd, fuhr er fort: «Ich habe die Zahlen nicht gespielt, weil ich das ganze Geld in Palermo beim Poker verloren habe.»

Unseren Mündern entfuhr ein tierisches Gebrüll, und einen Augenblick später ging es los: Wir zogen Franco aus dem Bett und verprügelten ihn mit Tritten, Boxhieben und Ohrfeigen. Ich erinnere mich, dass Arnoldo sogar einen Stuhl nahm und auf Francos Rücken zerbrach. Franco lag mit ausgebreiteten Armen am Boden, Blut floss ihm aus der Nase, aber das schien er nicht zu spüren, er sagte immer nur sehr leise: «Ihr habt ja recht! Ihr habt ja recht! Ihr habt ja recht!»

Diese Ergebenheit ließ uns innehalten, wir schämten uns ein bisschen.

Dann gewann unsere Freundschaft die Oberhand. Wir säuberten seine Wunden und legten ihn wieder ins Bett, denn er hatte so viele Schläge abbekommen, dass er sich fast nicht mehr bewegen konnte. Wir verließen seine Wohnung und trennten uns sofort, jeder ging seiner Wege. Am nächsten Tag trafen wir drei in unserem Stammcafé wieder zusammen. Es war Salvatore, der vorschlug, Franco zu besuchen. Wir wollten gerade aufbrechen, als Franco in der Tür des Cafés auftauchte. Er ging mit gesenktem Kopf zu uns und fragte: «Darf ich mich noch zu euch setzen?» Ohne ein Wort schob Salvatore ihm einen Stuhl hin. Und so blieb Franco unser Freund.

Irgendwann zog ich aus Enna weg und hörte nichts mehr von ihm. Bis mir eines Tages ein Roman aus der Science-Fiction-Reihe Urania in die Hände fiel, verfasst von einem gewissen Franco Enna. In der kurzen Autorenbiographie hieß es, es sei das Pseudonym des Schriftstellers Franco Cannarozzo aus Enna. Binnen weniger Jahre wurde der Name Franco Enna in Kreisen der Science-Fiction-Liebhaber berühmt. Er schrieb Dutzende Romane, so viele, dass er sie mit unterschiedlichen Pseudonymen zeichnen musste, meistens amerikanischer Prägung. Etwa zwanzig Jahre später bekam ich einen Brief aus der Schweiz. Der Absender war Franco Enna. Wie hatte er meine römische Adresse herausgefunden? Das habe ich nie erfahren.

Ich öffnete den Brief, es waren nur wenige Zeilen: «Lieber Andrea, ich zahle dir einen Teil meiner Schulden zurück. Sei umarmt und herzlich gegrüßt, Franco».

Im Briefumschlag lag ein Scheck über zwanzigtausend Lire.

Zù Filippo

Als ich auf der Grundschule war, lief ich jeden Tag gleich nach der letzten Unterrichtsstunde zu den Großeltern aufs Land. Dort hatte ich einen Spielkameraden in meinem Alter, Sisino, den Sohn von Zù Filippo, einem Schäfer, der seine große Ziegenherde jeden Tag zum Weiden auf die großväterlichen Felder trieb.

Zù Filippo, bis zu der Coppola auf seinem Kopf immer ganz in Schwarz gekleidet und ziemlich klein von Statur, hinkte und stützte sich darum auf einen knotigen Stock.

Unser Halbpächter, Minicu, brachte ihm großen Respekt entgegen, und auch die Bauern, die auf den Ländereien des Großvaters arbeiteten, zogen sofort die Coppola, wenn sie ihn sahen, und deuteten eine Verbeugung an.

Erst viele Jahre später erfuhr ich, dass Zù Filippo der gefürchtete Mafiaboss unseres Städtchens war und dass man ihm vor Jahren wegen zweifachen Mordes den Prozess gemacht hatte. Aber er war aus Mangel an Beweisen freigesprochen worden.

Ein Freispruch aus Mangel an Beweisen war damals für einen Mafioso etwas wie eine Verdienstmedaille.

Den gleichen Respekt, den alle ihm zollten, bezeigte Zù Filippo auch den Mitgliedern unserer Familie, vor allem meinem Großvater Vincenzo.

Meine Mutter blieb tagsüber in der Stadt, erst am Abend kam sie zum Schlafen ins Haus der Großeltern auf dem Land. Der Weg dorthin führte etwa zwei Kilometer lang über einen unbeleuchteten Weidepfad, auf dem nur manchmal ein Bauer zu Pferde entlangkam. Aus Angst vor gefährlichen Begegnungen legte meine Mutter diese zwei Kilometer immer im Laufschritt und mit Herzklopfen zurück. Eines Abends erzählte sie uns, dass sie gleich am Anfang des Wegs Zù Filippo getroffen habe. Er war erstaunt, sie dort zu sehen.

«Aber Signora Carmela, wie können Sie nur so ganz allein übers Land gehen? Erweisen Sie mir die Ehre, Sie zu begleiten?»

Meine Mutter hatte eingewilligt, und Zù Filippo hatte sie bis zur Haustür gebracht. Zum Abschluss der Geschichte sagte meine Mutter, noch nie im Leben habe sie sich so sicher gefühlt wie mit diesem Mörder an ihrer Seite.

Denn alle wussten, dass Zù Filippo jenen zweifachen Mord begangen hatte, auch wenn das Gericht ihn nicht hatte verurteilen können.

Viele Jahre lang brachte er weiter seine Herde auf unsere Ländereien.

Eines Abends im Jahr 1944 blieben Zio Massimo und ich auf dem Land, um dort zu übernachten, weil am nächsten Morgen die Frauen für die Kartoffelernte ankommen würden. Doch kurz vor Tagesanbruch wurden wir von einem anhaltenden Geräusch geweckt, das wir nicht einordnen konnten. Wir standen auf und gingen ans Fenster. Um besser sehen zu können, nahm mein Onkel ein Fernglas. Er sagte, dort drüben seien sechs Männer mit Maultieren, die unsere Kartoffeln aus der Erde gruben. Wir zogen Schuhe an und verließen, halbnackt wie wir waren, das Haus, mein Onkel bewaffnet mit einem uralten Revolver, ich mit einem doppelläufigen Jagdgewehr. Wir pirschten uns vorsichtig an den Rand des Ackers heran und versteckten uns hinter einem großen Felsblock. Und von dort sah ich, dass es außer den sechs Männern, die gruben und Kartoffeln einsammelten, noch eine Art Aufseher gab, der uns den Rücken zukehrte. Da schoss mein Onkel aus der Deckung hinter dem Felsblock in die Luft und rief gleichzeitig: «Wenn ihr nicht sofort verschwindet, erschieße ich euch alle miteinander!»

Die Reaktion der Diebe erstaunte mich. Die sechs Männer hörten auf zu graben und wandten sich alle zu dem Aufseher um, der den Schrei und den Schuss nicht einmal gehört zu haben schien. Wir sahen ihn nur eine eigenartige Bewegung mit den Armen machen, und im nächsten Augenblick explodierte eine Handgranate wenige Zentimeter vor unserem Felsblock.

«Lauf, wir verbarrikadieren uns im Haus!», entschied mein Onkel.

Wir machten kehrt und beobachteten, zu Hause angekommen, das Ende der Operation Kartoffelraub durchs Fenster. Vier Maultiere, mit prallvollen Säcken schwer beladen, dahinter die Männer, setzten sich in Bewegung, dann verschwand der Zug aus unserem Blick.

Eine Stunde später, wir standen am Feldrain und betrachteten den Kartoffelacker, hörten wir die Glöckchen klingeln, die Zù Filippos Ziegen um den Hals trugen. Sie kamen näher, wir warteten. Als Zù Filippo uns erblickte, fragte er, warum wir um diese Zeit auf dem Feld waren.

«Sie haben uns alle Kartoffeln gestohlen», sagte Zio Massimo.

Zù Filippo zuckte zurück, als hätte ihn ein Schuss mitten in die Brust getroffen. Er wurde leichenblass.

«Das mir?!», fragte er entsetzt und lief ohne seine Herde davon.

Er fasste diesen Diebstahl wie eine persönliche Beleidigung auf. Jeder hätte wissen müssen, dass auf den Feldern, wo seine Herde weidete, aus Respekt vor ihm und den Besitzern des Ackers niemand sich einen Diebstahl erlauben durfte.

Dann kamen die Erntehelferinnen an, und wir erklärten ihnen, was passiert war. Gegen Abend kehrten Zio Massimo und ich in den Ort zurück. Auf dem Weidepfad kamen uns vier Maultiere mit dicken Säcken auf dem Rücken entgegen, sie gingen in die entgegengesetzte Richtung, hinter ihnen ein Bauer. Zu Hause erfuhren wir, dass es vor einer halben Stunde geklopft habe. Meine Großmutter hatte die Tür geöffnet und einen blassen, zitternden Mann vor sich gesehen, der niedergekniet war und sie mit gefalteten Händen angefleht hatte: «Wir haben die Kartoffeln zurückgebracht, ich bitte Sie, Signora, lassen Sie Zù Filippo sofort sagen, dass keine einzige fehlt!»

Die Kartoffeln waren auf den Acker zurückgebracht und zu vier großen Haufen aufgeschichtet worden. Im Grunde hatten die Diebe meinem Großvater das Geld für die Kartoffelernte erspart.

Zio Massimo lief sofort los, um Zù Filippo zu benachrichtigen, dass das unrechtmäßig erworbene Gut zurückerstattet worden war. Er wollte vermeiden, dass Zù Filippo sich ein drittes Verbrechen zuschulden kommen ließ, obwohl er überzeugt war, dass er auch dieses Mal mit einem Freispruch aus Mangel an Beweisen davongekommen wäre.

Don Sasà

Mindestens bis zur Mitte des vergangenen Jahrhunderts war es Brauch, in der Zeit zwischen Weihnachten und Dreikönig jeden Abend Karten zu spielen. Das geschah überall, doch während man in den beiden Vereinen des Städtchens mit hohen Einsätzen um Geld spielte, kamen in den Häusern befreundete Familien zu traditionelleren und weniger riskanten Spielen zusammen, wie Tombola oder dem langweiligen Kartenspiel Sette e mezzo. Eine Ausnahme bildete die Familie Bellavia. Dort machten die eingeladenen Damen im Salon Konversation, während Don Sasà, das Familienoberhaupt, in einem anderen Raum die Bank beim Bakkarat hielt und die Ehemänner hohe Summen setzten. Als Lea, die Tochter von Don Sasà, volljährig wurde, eröffnete sie im Haus einen dritten Salon, wo ihre Altersgenossen bis spät in der Nacht tanzen konnten.

So kam es, dass ich am Abend des 26. Dezember 1943 von Lea zum Tanzen ins Haus ihrer Familie eingeladen wurde. Nach einer guten Stunde, in der ich mich mit meinen Freunden amüsiert hatte, überkam mich die Versuchung, die Tür zum legendären Salon zu öffnen, wo Don Sasà den Bankhalter machte. Ich trat ein. In dem Raum waren etwa dreißig Herren, darunter die wohlhabendsten Kaufleute, Unternehmer und Geschäftsmänner der Stadt. Nachdem ich das Spiel eine Weile stumm verfolgt hatte, packte mich der unbezwingliche Drang mitzumachen. Ich hatte meine sämtlichen Ersparnisse in der Tasche, Tag für Tag geduldig zusammengetragen und zu Weihnachten von den Verwandten aufgestockt. Von dem Geld wollte ich mir Bücher kaufen, die mich besonders interessierten.

Seitdem die Alliierten Sizilien Anfang Juli '43 vom Faschismus befreit hatten, war kein italienisches Geld mehr im Umlauf. Stattdessen gab es Banknoten, die Amlire hießen, gedruckt von der Militärverwaltung der besetzten Gebiete. Diese Währung hatte aber den gleichen Wert wie die Lira. Genau tausend Amlire trug ich an jenem Abend bei mir, eine jämmerliche Summe, verglichen mit den Einsätzen, um die am Tisch gespielt wurde. Ich konnte nicht widerstehen, ich holte zweihundert Amlire aus der Tasche und setzte. Ich gewann, verlor aber alles bei der nächsten Runde. So ging es weiter, und nach etwa einem Stündchen Auf und Ab zwischen Gewinnen und Verlieren hatten sich meine Ersparnisse in Luft aufgelöst. Mir blieb nichts anderes übrig, als den geordneten Rückzug anzutreten und zu versuchen, das verlorene Geld zu vergessen. Es war nicht wenig gewesen: Das Gehalt eines höheren Angestellten belief sich zu der Zeit um die tausendfünfhundert Amlire. Doch gerade als ich gehen wollte, warf Don Sasà mir einen Blick zu und sagte: «Wenn du auf Ehrenwort spielen willst, erlaube ich es dir.»

In dem Moment erschien mir das wie eine Herausforderung. Ich hatte eine Schachtel Streichhölzer in der Tasche, die legte ich auf den Tisch und erklärte vernehmlich: «Sie gilt fünfhundert Amlire.»

Ich verlor den Einsatz. Don Sasà sah mir in die Augen, ich kramte in meiner Tasche, legte ein Taschentuch auf den Tisch und sagte: «Das gilt tausend Amlire.»

Ich verlor auch das Taschentuch.

Um es kurz zu machen, als ich gegen drei Uhr morgens das Haus verließ, hatte ich achtzehntausend Amlire verloren. Für mich eine völlig unerreichbare Summe, die ich niemals hätte zahlen können. Es nieselte, während ich langsam nach Hause ging, bedrückt über meine Dummheit grübelnd. Wie sollte ich das Problem meiner Schulden bei Don Sasà lösen, wo doch allgemein bekannt war, dass Spielschulden innerhalb der nächsten vierundzwanzig Stunden bezahlt werden mussten?

Die Straßen waren so schwach beleuchtet, dass sie fast in völliger Dunkelheit lagen. Auf meinem Weg nach Hause bemerkte ich in der menschenleeren Straße plötzlich einen Schatten, der am geschlossenen Rollladen eines Geschäfts lehnte, wahrscheinlich hatte ein Mann sich zum Schutz vor dem Regen unter das Vordach gestellt. Doch als ich auf seiner Höhe ankam, sah ich einen weiteren Schatten auf der gegenüberliegenden Straßenseite, der ebenfalls an einer verschlossenen Eingangstür lehnte. Noch im selben Moment ahnte ich, was passieren würde, aber es war bereits zu spät, um wegzulaufen, sie würden mich sofort einholen. Ich ging ein paar Schritte weiter, da machte der Mann vor dem Geschäft einen Sprung, landete direkt vor mir und befahl mir, den Mund zu halten. Dabei drückte er mir einen Revolverlauf mit solcher Gewalt unters Kinn, dass ich mich auf die Zehenspitzen stellen musste. Gleichzeitig war auch der andere vor mir aufgetaucht und blendete mich mit einer starken Taschenlampe, die er mir direkt vor die Augen hielt. Doch das alles dauerte nur wenige Sekunden, dann sagte der Mann mit der Pistole auf Sizilianisch: «Ach, Vossia sind das? Entschuldigung.»

Die Taschenlampe erlosch, die beiden Männer entfernten sich, und ich versuchte, mich mit butterweichen Beinen so würdevoll wie möglich auf unser Haus zuzubewegen. Doch kaum war ich um die Ecke und aus ihrem Blickfeld, fing ich an zu rennen, schloss, so schnell ich konnte, die Haustür auf, lief die Treppe hinauf, stürzte in unsere Wohnung und sofort ins Badezimmer, wo ich mir vor Angst die Seele aus dem Leib kotzte. Die Nacht war eine Höllenqual.

Am nächsten Morgen um neun kratzte ich den Rest meiner Ersparnisse zusammen, kümmerliche hundertfünfzig Amlire, und ging zum Café Castiglione, wo es eine Telefonzelle gab. Ich rief meine Freundin Elena in Agrigent an, die aus einer sehr reichen Familie kam. Nachdem ich ihr meine Situation erklärt hatte, zögerte sie keinen Moment: «Ich gehe noch heute Vormittag in die Bank und hebe ab, was du brauchst. Am frühen Nachmittag lasse ich dir das Geld durch meinen Bruder Giovanni überbringen.»

Erleichtert bestellte ich einen Kaffee und stützte mich mit den Ellenbogen auf die Theke, den Kopf in den Händen. In dem Moment stellte sich jemand neben mich.

«Guten Tag», sagte er.

Ich drehte mich um. Es war ein Hafenarbeiter, den ich gut kannte, denn sein Sohn war mein Klassenkamerad auf der Grundschule gewesen. Der Mann sah mich lächelnd an, also fragte ich: «Warum lächelst du?»

Er beugte den Kopf zu mir und flüsterte: «Heute Nacht haben Vossia mich um den Schlaf gebracht. Wollt Ihr mir nicht wenigstens einen Kaffee ausgeben?»

Der Mann war also einer der beiden nächtlichen Angreifer gewesen.

«Den zahle ich dir gern», sagte ich.

Lächelnd tranken wir unseren Kaffee, dann verabschiedeten wir uns mit einem Händedruck. Nachmittags um vier kam Giovanni mit seinem Motorroller. Elena hatte Wort gehalten, in einem großen Umschlag steckten achtzehntausend Amlire in bar.

Mit dem Geld in der Tasche ging ich zum Büro von Don Sasà mitten auf dem Corso. Don Sasà war der größte Exporteur von Mandeln und Getreide in der Stadt. Um in sein Büro zu gelangen, musste man zwei Stufen hinuntersteigen. Schon an der Tür sah ich, dass Don Sasà allein war, er saß an seinem Schreibtisch und rechnete.

«Darf man eintreten?»

«Ah, du bist das? Komm herein, Nené!»

Ich blieb vor dem Schreibtisch stehen.

«Was willst du?»

«Ich komme meine Schulden zurückzahlen», sagte ich, holte den Umschlag aus der Tasche und legte ihn vor Don Sasà auf den Tisch. Er rührte ihn nicht an.

«Mach ihn auf und zähl das Geld.»

Ich gehorchte. Als das Zählen beendet war, rückte er mitsamt seinem Stuhl etwas vom Schreibtisch ab, öffnete die mittlere Schublade und ließ mit einer Armbewegung das Geld und den Umschlag hineinfallen. Er schloss die Schublade, blickte mir starr in die Augen und gab mir die Hand.

«Auf Wiedersehen», sagte ich, drehte mich um und ging zur Tür. Doch kaum war ich die zwei Stufen hinaufgestiegen, hörte ich ihn rufen.

«Nené!»

Ich blieb stehen, drehte mich um.

«Was ist?»

«Komm her!»

Ich ging die Stufen wieder hinunter, er machte mir ein Zeichen, zum Schreibtisch zu kommen. Dann öffnete er die Schublade und wies auf das Geld. «Nimm dein Geld zurück.»

Ich zögerte. «Warum?»

Und er, wieder mit starrem Blick auf mich: «Weil ich von einem so jungen Mann wie dir kein Geld annehmen kann. Keine Diskussion.»

Tatsächlich konnte man mit Don Sasà nicht diskutieren. Er war ein untersetzter Mann um die fünfzig mit einem dichten schwarzen Schnurrbart und harten Gesichtszügen und machte wenig Worte. Er war kein Mafioso, aber eine Respektsperson. Ich erinnere mich, dass ich ihn auf der Straße immer bewaffnet gesehen habe. Also widersprach ich nicht, nahm mein Geld, steckte es zurück in den Umschlag, sagte «Danke» und schickte mich an, zu gehen.

Er hielt mich abermals zurück: «Ein Rat für die Zukunft. Wenn du wieder einmal spielen willst, lieber Nené, dann spiele nur mit dem Geld, das du im Beutel hast. Man sollte die Füße immer nur so weit ausstrecken, wie die Bettdecke reicht.»

Minicu

Minicu war der Halbpächter meines Großvaters. Er bewohnte ein Bauernhaus mitten auf den etwa zwei Dutzend Hektar Boden, die meiner Familie von ihren ursprünglich viele hundert Hektar großen Ländereien geblieben waren. In dem Haus lebten seine Frau Gnazia, seine Tochter Grazia und sein Sohn Giovanni. Giovanni wurde 1935 zu den Waffen gerufen, nahm als Matrose am Ostafrikafeldzug teil und kehrte erst viele Jahre später zurück – er hatte auch im spanischen Bürgerkrieg und im Zweiten Weltkrieg gekämpft.

Minicu war ein hochgewachsener, kräftiger Mann von bedächtiger Rede und außerordentlich höflichem und würdevollem Verhalten. Wenn auf dem Land die Zeit der Mahd, der Weinlese, der Bohnen- oder Mandelernte kam, suchte er die Tagelöhner aus. Es war Brauch, dass die Arbeit von halb eins bis halb zwei für etwa eine Stunde unterbrochen wurde, das war die Zeit des Mittagessens. Einer der Landarbeiter ging mit einem Eselchen zum Haus der Großeltern und belud es mit der Speise, die Großmutter für die Arbeiter hatte kochen lassen, meist waren auch Schüsseln und Besteck dabei. Das Essen konnte ein Brei aus Trockenbohnen sein, öfter war es eine Caponata, gebratene Auberginen, Tomaten und Paprika, manchmal auch marinierte Heringe.

Ich war etwa zehn Jahre alt, als ich beschloss, den Tagelöhner zu begleiten, der seinen Kameraden das Essen brachte. Es war die Zeit der Mandelernte. Ich fand Minicu in Gesellschaft von etwa einem Dutzend Frauen, die die Mandeln vom Boden aufsammelten, und zwei Männern, die die Mandeln mit einem langen Rohr von den Zweigen schüttelten. Minicu ließ alle im Schatten eines großen Baumes Platz nehmen und verteilte die gefüllten Schüsseln. Die Arbeiter holten Brot und einen Tonkrug mit Wasser aus ihren Säcken und begannen zu essen. In diesem Moment sagte eine der Frauen: «Zù Minicu, erzähl uns eine Geschichte!»

Ein Chor aus allen Frauenstimmen erhob sich: «Erzähl uns eine Geschichte! Erzähl uns eine Geschichte!»

Minicu ließ sich nicht lange bitten, mit dem Rücken an den Baumstamm gelehnt, fing er an zu erzählen. Seine Geschichte verzauberte mich, sodass ich am nächsten Tag wieder hinging, um ihn zu hören. Die ganze Erntezeit über erzählte Minicu jeden Tag eine andere Geschichte, es waren *cunti*, Erzählungen, die er als wahre Begebenheiten aus der alten Zeit ausgab, aber ich erkannte sofort, dass er sie erfunden hatte, vielleicht sogar im Moment des Erzählens selbst. Er war außerordentlich phantasiebegabt, und so wurde es mir auch nach der Erntezeit zur Gewohnheit, Minicu gegen Abend kurz vor dem Essen in seinem Haus zu besuchen und ihn um eine Geschichte nur für mich zu bitten. Großzügig wie er war, enttäuschte er mich nie. Um ihn irgendwie zu belohnen, schenkte ich ihm Päckchen der Zigarettenmarke Milit, die umsonst an die Soldaten des Heeres und der Marine ausgegeben wurden. Es waren fürchterlich starke Zigaretten, und Minicu rauchte sie nicht, er holte den Tabak aus dem Papier und stopfte damit seine Pfeife.

Ich möchte wenigstens zwei der Geschichten wiedergeben, die er erzählte. Die erste handelt von einem Eremiten, der auf dem Hügel nahe bei Monserrato lebte und dessen Körper aus genau der Hälfte eines menschlichen Körpers bestand, das heißt, er hatte nur einen Arm, ein Bein, ein Auge und ein Ohr.

«Nun weiß ja jeder», sagte Minicu, «dass der menschliche Körper aus zwei unterschiedlichen Hälften besteht. Denn in einer Hälfte steckt alles erdenklich Böse, in der anderen jedwedes Gute, das der Mensch tun kann. Doch man weiß bei keinem Körper, wo das Gute oder das Böse steckt, das heißt, man kann nicht herausfinden, ob das Böse und das Gute sich auf der rechten oder der linken Seite befinden. Unglücklicherweise war die einzige Körperhälfte, die der Eremit besaß, ausgerechnet die, wo sich alles erdenklich Böse angesammelt hatte. Darum hatte er die Abgeschiedenheit gewählt, denn er wusste, dass er sogar für seine Familie eine Gefahr darstellte. Er weigerte sich, einen Menschen zu sehen, und ging nur nachts hinaus, um die Kräuter zu sammeln, von denen er sich ernährte. Doch eines Tages stand eine wunderschöne Frau vor ihm, und er brachte es nicht übers Herz, sie wegzuschicken. Die Frau wollte ihren Mann vergiften. Der Eremit konnte nicht widerstehen, er gab ihr das gewünschte Gift, unterlag also seiner bösen Seite. Nach dieser Tat war er so verzweifelt, dass er vor der Höhle, in der er lebte, eine hohe Mauer aus Stein errichten ließ und lieber hungers starb, als seinen Mitmenschen noch einmal etwas Böses anzutun.»

Die andere Geschichte, die er mir erzählte, war die eines Bauern mit zwei Köpfen. Doch immer, wenn der eine Kopf ihm etwas vorschlug, riet der andere ihm das Gegenteil, sodass der Bauer sich an einem Tag so verhielt und am nächsten Tag völlig anders. Dieses Verhalten machte ihn allen verhasst, man verachtete ihn, weil er niemals zu seinem Wort stand. Da beschloss er eines Tages, sich einen der beiden Köpfe abzuschneiden, und von dem Moment an machte er alles falsch in seinem Leben. Denn, so schloss Minicu, es ist immer besser, beides, das Für und das Wider jedes Gedankens und Vorhabens in nur einem einzigen Kopf zu haben.

Es waren höchst lehrreiche und phantasievolle Geschichten. Ich muss gestehen, dass ich ein paar von Minicus Erzählungen, auf meine Art abgewandelt, in mindestens drei meiner Romane verwendet habe: *König Zosimo*, *Die Frau aus dem Meer* und *Der Hirtenjunge.* Und hiermit möchte ich ihm noch einmal danken.

Der Rasende Roland und Pinocchio

Ich war, wie ich schon öfter erzählt habe, ein sehr frühreifer Leser. Mit sechs Jahren las ich nicht nur Wochenzeitschriften für Kinder wie «L'avventuroso», den «Corriere dei Piccoli» und «L'Audace», sondern fing auch an, die Bücher in der väterlichen Bibliothek zu lesen. Meine ersten Lektüren waren Autoren wie Conrad, Melville, Simenon und Chesterton. Viel verstand ich nicht beim Lesen ihrer Romane, aber etwas blieb hängen. Ich verbrachte meine einsamen Tage als zwanghafter Leser, ohne mir eine Pause fürs Spielen mit meinen Schulkameraden zu gönnen, obwohl sie an meine Tür klopften, damit ich bei ihnen mitmachte.

Eines Tages beschloss ich, die Bibliothek meines Großvaters Vincenzo zu erforschen. Er wohnte mit Großmutter Elvira in einer großen Wohnung auf derselben Etage wie wir. Großvaters Bücher standen alle in einem mächtigen Regal im geräumigen Vorzimmer. Als ich anfing, die Titel zu überfliegen, war ich enttäuscht, es handelte sich zum Großteil um die sogenannten Hoepli-Handbücher über Landwirtschaft und die Haltung von Nutztieren und Pferden, sogar Bienen.

Unter den belletristischen Büchern gab es *Die Verlobten* von Manzoni und den populären historischen Roman *Ettore Fieramosca.* Im untersten Regal waren die Bücher quer untergebracht, weil sie zu groß waren, um zwischen zwei

Regalbrettern stehen zu können. Ich erinnere mich noch genau, dass ich bis zum vorletzten dieser großen Bücher gekommen war, einem Werk über die Regionen Italiens, als ich darunter ein sehr dickes Buch mit einem roten Einband entdeckte, auf den der Autor und der Titel in vergoldeten Buchstaben geprägt waren: Ludovico Ariosto, *Orlando furioso.* Das Buch war groß und sehr schwer, es herauszuziehen, war ein mühseliges Unterfangen. Als ich es endlich in Händen hielt, war ich voller Bewunderung: Es war das eleganteste Buch, das ich je gesehen hatte.

Die Seiten waren aus dickem, glänzendem Papier und reich illustriert. Jede Seite enthielt Illustrationen, die sie zur Hälfte oder einem Viertel ausfüllten, außerdem gab es Dutzende ganzseitige Bildtafeln. Auf der Innenseite des Deckels stand geschrieben, dass die Illustrationen von Gustave Doré stammten. Ich schleppte das Buch in mein Zimmer, hievte es auf mein Bett und begann, auf dem Bauch liegend, darin zu blättern. Schon die erste Illustration entzückte mich so sehr, dass ich beschloss, mir erst einmal alle Bilder anzuschauen, bevor ich das Buch las. Und so kam es, dass ich mit acht Jahren zum ersten Mal in meinem Leben die Zeichnung einer nackten Frau sah. Das Bild beeindruckte mich tief, ich betrachtete es lange. Woher die Kinder kommen, wusste ich schon, meine Klassenkameraden, Söhne von Fuhrknechten, Hafenarbeitern oder Maultiertreibern, wahre Experten auf diesem Gebiet, hatten mich bis ins Detail darüber informiert. Nachdem ich mir alle Illustrationen angeschaut hatte, begann ich zu lesen: «Frauen und Ritter, Lieb' und Heldenmut …»

Ich erinnere mich, dass ich die erste Stanze wieder und wieder las, hingerissen vom Klang dieser Worte, noch bevor ich ihre genaue Bedeutung verstand. Der Rhythmus, die Musikalität, die Reime klangen in mir wider wie ein Lied und drängten mich beim dritten oder vierten Mal mit lauter Stimme zu lesen, sodass meine Mutter plötzlich die Tür öffnete, ins Zimmer kam und mich fragte, mit wem ich redete.

Nun, das war der Beginn einer Schwärmerei, die viele Jahre andauerte. Großmutter Elvira hatte meine Phantasie geschult, indem sie mir die Abenteuer von *Alice im Wunderland* erzählte, aber nach der Lektüre des *Rasenden Roland* war meine Freude am Phantasieren dann nicht mehr zu halten. Ich machte mir einen Spaß daraus, Varianten der Handlung zu erfinden. Wenn Roland schon beim Anblick der in Baumstämme geritzten Namen von Angelica und Medoro verrückt wird, was hätte er dann wohl getan, wenn er sie beim Vollzug ihrer Ehe entdeckt hätte? Gewiss hätte er Medoro zum Duell gefordert und getötet.

Aber was hätte ihm das eingebracht? Auf jeden Fall den ewigen Hass von Angelica.

Auch die zahlreichen Nebenhandlungen gefielen mir. Die von Fiammetta brachte mich nicht nur zum Lachen, ich lernte sie auch auswendig, um sie meinen Klassenkameraden in der Grundschule aufsagen zu können.

Mit zwölf kehrte ich zwischen zwei Lektüren immer wieder zu einzelnen Stellen im *Roland* zurück, doch in jener Zeit beschloss ich auch, eine Lücke zu füllen. Denn ich hatte Romane und Geschichten für Erwachsene gelesen, aber noch nie eines der sogenannten Bücher für Kinder aufgeschlagen. Also ließ ich mir die Bücher von Emilio Salgari mitbringen. Doch die Abenteuer der kleinen Tiger von Mompracem, die Geschichten vom Schwarzen Korsar, von

Sandokan und Kammamuri weckten nicht das mindeste Interesse in mir. Etwas mehr Beachtung schenkte ich den Romanen von Jules Verne, aber meine Phantasie regten sie nicht an.

Dann fiel mir eines Tages *Pinocchio* in die Hände. Die Illustrationen, die ganz anders waren als die von Doré (ich glaube, sie stammten von Antonio Rubino), gefielen mir sehr. Nachdem ich mir alle Bilder angeschaut hatte, begann ich zu lesen. Das Buch verzauberte mich genauso wie der *Roland*, und vielleicht war das der Grund, warum die Abenteuer der hölzernen Puppe sich für mich in eine epische Erzählung verwandelten. Dass in beiden Werken ein Medoro eine zentrale Rolle spielt, machte großen Eindruck auf mich: Im *Roland* verliebt Angelica sich in den armen Medoro und heiratet ihn, im *Pinocchio* heißt der Wachhund, dessen Platz die Holzpuppe einnehmen muss, Medoro. Auch bei dieser Gelegenheit malte ich mir Varianten aus. An eine erinnere ich mich noch, sie handelte von dem speziellen Visier, das Roland sich anfertigen lassen musste, weil er eine so lange Nase hatte wie Pinocchio und das Visier sein Kinn nicht ganz bedecken konnte.

Sicher, *Pinocchio* begeisterte mich sehr, aber er rief natürlich keine frühen sexuellen Verwirrungen bei mir hervor, wie es bei den Illustrationen von Doré und den Reimen von Ariost der Fall war.

Und noch heute kann ich nicht umhin, das Buch von Collodi, das noch immer seinen festen Platz in den Bücherregalen von Kindern hat, für ein Epos zu halten. Ebenso wenig halte ich *Alice im Wunderland* für ein Kinderbuch, und sollte man mich fragen, was es denn meiner Meinung nach ist, habe ich nicht den geringsten Zweifel: Auch das Buch von Lewis Carroll ist kein Roman für Kinder, es ist eine Abhandlung über Metaphysik.

Stefano D'Arrigo

Stefano D'Arrigo lernte ich durch Orazio Costa kennen, der nach der Lektüre seines Romans *Horcynus Orca* so begeistert war, dass er D'Arrigo anrief und ihn um ein Treffen bat. D'Arrigo willigte ein, die beiden lernten sich kennen und waren sich sehr sympathisch, vor allem nachdem Orazio, der ein wunderbarer Vortragskünstler war, D'Arrigo einige Seiten seines Romans vorgetragen hatte. Ich halte *Horcynus Orca* für einen der Höhepunkte der italienischen Literatur des 20. Jahrhunderts. Als ich den Roman las, erschien er mir sofort als ein experimentelles sprachliches Meisterwerk.

Zu unserer ersten Begegnung kam es in Orazios Haus. Stefano war klein, schmächtig, sein Gesicht verhärmt, und er hatte eine nervöse Art, sich zu bewegen und zu sprechen, als fühlte er sich andauernd durch etwas gestört. Ich weiß nicht, warum er mir vom ersten Moment an eine ganz besondere Zuneigung entgegenbrachte. Als er erfuhr, dass ich einen Roman veröffentlicht hatte, wollte er sofort ein Exemplar haben. Er las ihn und fand Worte des Lobes für mich, die alles andere als Floskeln waren. Um es kurz zu machen, wir wurden enge Freunde, wir sahen uns mindestens zweimal in der Woche. Eines Tages lud ich ihn ein, die Sommerferien in meinem Haus in Bagnolo an den Hängen des Monte Amiata zu verbringen. Er sagte begeistert zu und kam mit seiner Frau Jutta. Auch meinen Freund, den Maler und Kupferstecher Leo Guida, hatte ich eingeladen, und als ich Stefano davon informierte, lächelte er zufrieden.

«Das passt mir sehr gut», sagte er, «Leo ist ein wunderbarer Mensch.»

Zweihundert Meter von meinem Haus entfernt lag das Ferienhaus des Bildhauers und Zeichners Angelo Canevari, meines brüderlichen Freundes, der in jenem Sommer den Maler Ugo Attardi zu sich eingeladen hatte. Als Stefano hörte, dass Attardi in der Nähe wohnte, raste er vor Wut und erklärte, dass er um keinen Preis der Welt die Nase vor die Tür stecken würde. Damit war klar, dass die zwei sich hassten. Und so überwachten Angelo und ich mit Hilfe unserer jeweiligen Familienangehörigen zwei Wochen lang die Zeiten und Wege der beiden, um zu verhindern, dass sie einander begegneten. Stefano hatte ein jähzorniges, schroffes Wesen, und es ließ sich schwer vorhersehen, wie er auf unbekannte Menschen reagieren würde, wenn er nicht entsprechend vorbereitet wurde, insbesondere durch seine Frau Jutta.

Als man ihm an der Universität von Messina die Ehrendoktorwürde verleihen wollte, bat er Orazio und mich, ihn zu begleiten. Ich nutzte die Gelegenheit, um meine Mutter mitzunehmen, die Sizilien wiedersehen wollte. Mama war schon hochbetagt, und manchmal entfernte sie sich aus dieser Welt, wenn sie verträumt ihren Erinnerungen und Gedanken nachging.

Wir fuhren also gemeinsam nach Messina. Am Tag der Zeremonie hatte ich mich um neun Uhr morgens mit Mama in der Lobby unseres Hotels verabredet. Doch ich konnte sie dort nicht entdecken, und als ich den Portier bat, sie in ihrem Zimmer anzurufen, sagte er mir, sie habe das

Hotel schon vor mindestens einer Stunde verlassen. Bei der Vorstellung, dass sie frühmorgens in einer fremden Stadt herumlief, erschrak ich.

«Ist sie alleine weggegangen?»

«Nein. Signor D'Arrigo hat ihr angeboten, mit ihm zu gehen.»

Ich eilte mit Orazio zur Universität. Sofort entdeckte ich Mama, fröhlich lächelnd. Sie erzählte, Stefano habe die anwesenden Journalisten viele Fotos machen lassen, auf denen er und sie sich umarmten.

Am nächsten Tag sollte es weitere Veranstaltungen zu Ehren von D'Arrigo geben. Groß war mein Erstaunen, als ich die Zeitung aufschlug und ein Foto von Stefano sah, der meine Mutter zärtlich an sich drückte. Die Bildunterschrift lautete: «Der Schriftsteller Stefano D'Arrigo umarmt seine Mutter, die er seit vielen Jahren nicht gesehen hat.» Das war ganz offensichtlich ein Missverständnis, doch als ich Stefano darauf aufmerksam machte, sagte er: «Das ist kein Missverständnis, ich selbst habe den Journalisten gesagt, dass sie meine Mutter ist.»

Ich war wie vom Donner gerührt.

«Warum hast du mir meine Mutter gestohlen?»

«Um meine zu ärgern, mit der ich seit Jahren im Streit liege.»

Da wurde mir bewusst, dass der geniale Schriftsteller Stefano D'Arrigo auch ein launenhafter Mensch war, bei dem man auf ungewöhnliche Aktionen gefasst sein musste. Den nächsten Beweis erhielt ich einige Zeit später.

Soeben war im Verlag Garzanti mein zweiter Roman herausgekommen, *Das launische Eiland*, und ich schenkte Stefano ein Exemplar mit einer liebevollen, bewundernden

Widmung. Hier muss ich etwas vorausschicken: Als der bekannte Schriftsteller Elio Vittorini vor Jahren in der Literaturzeitschrift «Il Menabò» einen ersten Auszug aus Stefanos großem Roman veröffentlichen wollte, hundert Seiten mit dem Titel *I giorni della fera* (*Die Tage des Raubtiers*), hatte er D'Arrigo gebeten ein kleines Glossar ans Ende zu stellen, damit der Text auch Lesern außerhalb Siziliens verständlich wurde. Auf diese Bitte hatte Stefano außerordentlich heftig reagiert und sich mit allen Kräften geweigert, ein solches Glossar, das eher in ein Sachbuch gepasst hätte, zu verfassen. Vittorini hatte darauf bestanden, aber Stefano war um keinen Millimeter von seinem Nein abgewichen, auch um den Preis, dass der Text nicht erschien. So hatte Vittorini die hundert Seiten ohne Glossar veröffentlichen müssen. Ende der Vorbemerkung.

Stefano nahm das Buch, das ich ihm als Geschenk überreichte, und begann darin zu blättern. Als er am Ende angekommen war, klappte er es abrupt zu, blickte mich mit zornglühenden Augen an und rief, mit dem Finger auf mich zeigend, aus: «Hinten steht ja ein Glossar!»

«Ja», gab ich zu, «Livio Garzanti hat darauf bestanden, und ich habe eins für ihn gemacht.»

Ohne ein Wort zu sagen, stand Stefano auf, bleich im Gesicht, warf das Buch auf den Tisch und erklärte: «Unsere Freundschaft ist hiermit beendet.» Und ging grußlos aus dem Haus.

Es brauchte gut drei Monate und die diplomatische Vermittlung seiner Frau Jutta, damit wir wieder begannen, uns zu treffen.

Nachdem einige Zeit vergangen war, fragte ich ihn schüchtern, ob ich ihm das Exemplar meines Buches zurückgeben dürfe. Er sagte ja, aber unter einer Bedingung: dass ich vorher mit einer Rasierklinge die Seiten herausschnitt, auf denen das Glossar stand.

Carlo Emilio Gadda

Nur zwei Mal, bei zufälligen Begegnungen hatte ich Gelegenheit, ein paar Worte mit Gadda zu wechseln. Beim ersten Mal plauderte ich gerade mit dem Schriftsteller Guglielmo Petroni vor der Bar Canova auf der Piazza del Popolo, als Gadda auf dem Weg in die Via del Babuino stehen blieb, um Petroni zu begrüßen, der mich dann dem großen Schriftsteller vorstellte. Gadda schien an diesem Morgen verdrossen, und seine schlechte Laune war so offensichtlich, dass Petroni ihn fragte, ob es ihm nicht gut gehe oder ob ihm etwas Unangenehmes widerfahren sei. Gadda antwortete, er habe ein paar Zipperlein, aber das sei es nicht, was ihn ärgerte. Nein, was ihn zutiefst beunruhige, sei das Problem mit seiner Vermieterin.

«Warum? Was macht sie denn?», fragte Petroni.

«Sie kackt überall hin.»

«Wie, überall hin? Was soll das heißen?» Die Frage war mir unwillkürlich entschlüpft.

«Überall, sage ich Ihnen, überall. Sogar an die Wände meines Schlafzimmers.»

Verwirrt sah ich zu Petroni hinüber, der lächelte.

«Wie stellt sie das denn an, an die Wände zu kacken?», fragte ich.

Todernst, mit verschwörerischer Miene flüsterte Gadda mir zu: «Ich glaube, sie klettert daran hoch, wenn sie Durchfall hat.»

Dann gab er uns die Hand und setzte seinen Weg fort.

«Ist er verrückt?», fragte ich Petroni.

«Nein», erklärte Petroni, «er erfindet oft Geschichten, die er am Ende selbst glaubt.»

Ein paar Jahre später traf ich Gadda wieder an derselben Stelle, fast um die gleiche Zeit. Ich war in Gesellschaft eines anderen Schriftstellers, Giulio Cattaneo, der mich gerade gefragt hatte, wo und wie ich die Osterferien verbracht hatte. Also erzählte ich ihm die Geschichte: Orazio Costa, der das Stück *La figlia di Iorio* von Gabriele D'Annunzio mit Anna Magnani in der Hauptrolle inszenieren würde, hatte mich gebeten, sein Regieassistent zu sein. Zuvor wollte Orazio eine Art Ortsbesichtigung in den Abruzzen machen, und so waren wir am Karfreitag in aller Frühe aufgebrochen, um mit dem Auto nach Pescara zu fahren. Damals gab es noch keine Autobahn dorthin, ich weiß nicht mehr, welche Straße man nehmen musste. Als wir in Rom losfuhren, war das Wetter ausgezeichnet, ein strahlender Tag, die Sonne wärmte noch ein wenig. Doch nach etwa hundert Kilometern kamen wir in einen Tunnel, und als wir wieder herausfuhren, waren wir in eine nordische Winterlandschaft geraten: überall hoher Schnee, blendendes Weiß. Orazio hatte erst einen Monat zuvor seinen Führerschein gemacht, ich traute ihm nicht.

«Kehren wir um?», schlug ich vor.

«Unsinn, wegen so ein bisschen Schnee!»

Wir fuhren weiter.

Mit dem Leichtsinn der Anfänger fuhr Orazio unbeeindruckt an Autos vorbei, die am Straßenrand feststeckten, und überholte Busse voller Passagiere, die vor Kälte zitterten. Ungerührt fuhr er weiter, eine Sicherheit am Steuer zur Schau stellend, die er mitnichten besaß. Noch einmal: Es war die absolute Ahnungslosigkeit, die ihn antrieb. Wir bewegten uns mit höchstens zehn, fünfzehn Stundenkilometern vorwärts, und dann kam der Moment, wo auch wir stehen bleiben mussten. Mit einer Schaufel, die Orazio wer weiß warum im Kofferraum hatte, schaufelten wir den Schnee vor unserem Auto weg.

Wir waren seit etwa sechs Stunden unterwegs, als Orazio beschloss, die Straße nach Chieti zu nehmen, statt nach Pescara zu fahren. Gegen zehn Uhr abends kamen wir dort an. Zu Tode erschöpft suchten wir Unterkunft im ersten Hotel, auf das wir stießen. Man wies uns ab, das Hotel war ausgebucht, aber das Personal war so freundlich, telefonisch in anderen Hotels nachzufragen, ob es freie Zimmer gab. Beim dritten Telefonat wurde ihnen geantwortet, man habe noch ein Zimmer mit zwei freien Betten, leider ohne Heizung. Wir buchten, und eine knappe halbe Stunde später betraten wir ein Zimmerchen, in das mit Mühe zwei Betten passten, es gab nur einen gemeinsamen Nachttisch. Die Kälte war uns in die Knochen gekrochen, wir wollten nur noch schnell unter die Decken schlüpfen und uns aufwärmen. Ein kurzer Gang zur Toilette, dann konnten wir uns endlich hinlegen. Das Bettzeug war kalt wie Eis, wir löschten das Licht, um sofort einzuschlafen, aber nach einer Stunde waren uns die Augen wegen der furchtbaren Kälte noch immer nicht zugefallen. Orazio machte das Licht wieder an und holte vier wollene Unterhosen aus seinem Koffer, es waren diese altmodischen Dinger, die bis unters Knie reichen. Wir zogen jeder eine Unterhose an, dann nahm Orazio eine und streifte sie mir so über den Kopf, dass der Schlitz an der Vorderseite sich über meinem

Gesicht öffnete. Die Beine knotete er über meinem Kopf zusammen. Die andere Unterhose zog er sich auf dieselbe Weise über den Kopf. Wir blickten uns an und mussten lachen, wir sahen wirklich lächerlich aus. Doch nachdem wir uns wieder ins Bett gelegt hatten, konnten wir dank der vielen Wolle am Körper endlich einschlafen.

Das war die Geschichte, die ich Cattaneo erzählte, und ich war gerade fertig, als Gadda ankam. Cattaneo war mit ihm befreundet. Er stellte mich Gadda vor, denn der hatte unsere erste Begegnung natürlich vergessen. Als er sah, dass Giulio noch immer über meine Erzählung lachte, wollte er den Grund für unsere Heiterkeit wissen. Giulio berichtete ihm von meinem Abenteuer. Als er ans Ende kam, musterte Gadda mich auf seltsame Weise und fragte, seit wann ich den Regisseur Costa kenne. Ich antwortete, dass Orazio mein Regieprofessor an der Accademia d'arte drammatica gewesen sei, dass ich ihn für einen wirklichen Meister hielte und dass ich jetzt manchmal als sein Regieassistent arbeite.

«Aha, ich verstehe vollkommen», sagte er.

Die Bemerkung verwunderte mich.

«Was meinen Sie damit?»

In aller Ruhe, aber ein bisschen brummig erklärte er: «Es ist völlig klar, dass Sie in Ihren Lehrer verliebt sind. Darum sind Sie glücklich eingeschlafen – weil Sie in seine Unterhose gewickelt waren.»

Darauf gab er mir die Hand und ging. Ich war sprachlos. Giulio wollte sich ausschütten vor Lachen.

1958 rief man mich ins dritte Hörfunkprogramm der RAI, ich sollte als Ersatz für eine Angestellte, die in Mutterschaftsurlaub ging, die Sendungen über das Theater betreuen. Man wies mir ein Zimmer und einen Schreibtisch mit Telefonanschluss zu. Giulio Cattaneo, der im selben Programm arbeitete, kam mich sofort besuchen.

«Das ist ja Gaddas Schreibtisch!», rief er aus, als er eintrat.

Gadda hatte nämlich jahrelang im Dritten als Verantwortlicher für die sogenannten «Gespräche über Kultur» gearbeitet. Noch am selben Tag erzählte mir Giulio eine Menge Geschichten über Gaddas Arbeit beim Radio, eine lustiger als die andere. Wenn Gadda zum Beispiel einen Anruf vom Direktor bekam, stand er mit dem Hörer am Ohr auf und nahm eine ehrerbietige Haltung an. Erst wenn das Gespräch beendet war, setzte er sich wieder. Doch kaum hatte er aufgelegt, brach ein Schwall phantasievoller, auf den Direktor gemünzter Epitheta aus ihm heraus, alle leise gemurmelt, von denen das freundlichste «Kackfresse» war.

Einmal spielte Giulio ihm einen gemeinen Streich. Gadda hatte gerade *Eros e Priapo* veröffentlicht, eine bitterböse, sarkastische Schmähschrift gegen den Faschismus, da kam Giulio eines Tages keuchend in das Büro des Schriftstellers gerannt und warnte ihn, eine Reihe brutaler Faschisten sei auf dem Weg zur RAI, um ihn für die Publikation dieses Buches zur Rechenschaft zu ziehen. Zu Tode erschrocken sprang Gadda auf und wälzte seinen massigen Körper unter den Schreibtisch. Von dort flehte er Cattaneo an, den Faschisten zu sagen, Gadda sei an diesem Tag nicht zur Arbeit erschienen.

Gaddas Schreibtisch hatte fünf Schubladen, eine große in der Mitte und zu beiden Seiten je zwei kleinere. Die mittlere Schublade war verschlossen, der Schlüssel fehlte. Ich unternahm mehrere erfolglose Versuche, sie mit anderen

Schlüsseln zu öffnen, dann fand ich endlich einen, der passte. Die Schublade war voller maschinengeschriebener Texte, die die Autoren der «Gespräche über Kultur» ihm geschickt hatten. Die Manuskripte hatten unterschiedliche Themen, sie reichten von Foscolo bis Leopardi, von Gioachino Belli bis Moravia und so weiter. Ich nahm irgendeins heraus, es stammte von einem bekannten römischen Dichter und behandelte die Sonette von Belli. Doch das Lustigste waren die Unterstreichungen und Kommentare am Rand, die Gadda während der Lektüre des Manuskripts gemacht hatte.

Die freundlichsten waren «Affenhirn!», «Tölpel!» oder auch «Volltrottel!».

Am Ende des Manuskripts hatte er jedoch notiert: «Ihm sagen, dass es eine ausgezeichnete Arbeit ist.»

Ein Nachmittag mit Vittorini

1945 gründete Elio Vittorini in Mailand die Zeitschrift «Il Politecnico», die sich mit Literatur, Kunst und gesellschaftlichen Fragen beschäftigte. Die großformatige Wochenschrift fand fast sofort reißenden Absatz. Sie wurde von Giulio Einaudi herausgegeben und hatte namhafte, angesehene Mitarbeiter. Im selben Jahr schickte ich Vittorini einige meiner Gedichte und schrieb dazu, dass mein literarisches Curriculum nur aus zwei Gedichten bestehe, die in der bedeutenden Zeitschrift für Literatur und Politik «Mercurio» abgedruckt worden waren. Vittorini antwortete mir nach einem Monat mit einem kurzen Brief, er habe meine Gedichte gelesen und darin viele interessante Anregungen entdeckt, aber sie erschienen ihm noch nicht reif genug für eine Veröffentlichung. Am Ende ermunterte er mich jedoch, ihm in einem Jahr weitere Gedichte zu schicken.

Es war eine Art Verabredung, die ich pünktlich einhielt: Nach zwölf Monaten, in denen die Zeitschrift «Il Politecnico» ihr Format wechselte, schickte ich ihm neue Gedichte, sieben oder acht, wenn ich mich recht erinnere. Dieses Mal war die Antwort positiv. Vittorini schrieb, er habe drei ausgewählt und werde sie in einer Ausgabe der Zeitschrift abdrucken, die er der jungen italienischen Lyrik widmen wollte.

1947 war ich für längere Zeit bei einem Onkel in Mailand zu Besuch. Ich beschloss, in die Redaktion des «Politecnico» zu gehen, um Vittorini persönlich kennenzulernen. Natürlich rief ich ihn vorher an, und er sagte, dass er mich am selben Tag um drei Uhr nachmittags in der Redaktion erwarte. Ich erinnere mich, dass im ersten Raum der Redaktion ein Mann in einem Buch las, das war Franco Fortini, wie ich später erfuhr. Er zeigte mir die Tür zum Büro des Direktors, ich klopfte und trat ein. Vittorini empfing mich mit einem breiten Lächeln, wies mir einen Stuhl vor seinem Schreibtisch zu und fragte mich, wo ich geboren war, was ich studierte und welches meine Lieblingsbücher seien. Plötzlich blickte er mich nachdenklich an. «Hast du heute Nachmittag Zeit?»

«Ja.»

«Würdest du einen Spaziergang mit mir machen?»

«Natürlich!»

Als wir draußen auf der Straße waren, hakte er sich bei mir unter und stellte mir eine Frage, die mich überraschte.

«Welche Dörfer und Städte in Sizilien kennst du?»

«Agrigent, Palermo, Catania, Messina, Caltanissetta, Enna …»

Er unterbrach mich. «Und welche Dörfer?»

«Aragona, Comitini, Favara, Sciacca …»

Wieder unterbrach er mich.

«Kennst du Pietraperzia?»

«Nein.»

«Erzähl mir von Enna.»

In Enna hatte ich, wie schon berichtet, zwei Jahre gewohnt, ich kannte die Stadt gut und konnte sie ziemlich eingehend beschreiben.

«In der Nähe liegt der Pergusa-See, stimmt's?»

«Ja.»

«Erzähl mir, wie er aussieht.»

Kurzum, ich sprach anderthalb Stunden über Sizilien, dann setzten wir uns in eine Bar, stärkten uns mit einem Kaffee und nahmen den Spaziergang wieder auf. Nun fragte Vittorini mich über die unterschiedlichen Formen des sizilianischen Dialekts aus. Und so gab ich ihm Beispiele: Die Palermitaner ersetzen das r durch ein i, während man in Catania, statt das r auszusprechen, den nachfolgenden Konsonanten verdoppelt. Dort sprechen sie zum Beispiel *scarmazzo*, Verwirrung, wie *scammazzo* aus. Dann wollte er wissen, in welcher Gegend man die größte Gruppe der sogenannten «Normannen» findet, also der Sizilianer, die blaue Augen und blonde Haare haben. Irgendwann konnte ich dazwischenfragen: «Sag mal, Vittorini, du bist doch in Siracusa geboren. Warum fragst du mich nach diesen Dingen?»

Er antwortete nicht direkt, sondern sagte lächelnd: «Mit dir gehe ich noch mal durch, was man wissen muss.»

Noch zwei Stunden lang wiederholten wir den landeskundlichen Stoff. Um acht Uhr abends standen wir wieder vor der Tür der Redaktion. Als wir uns verabschiedeten, zog er die kommunistische Zeitung «L'Unità» aus der Tasche und reichte sie mir. «Hast du die heutige Ausgabe gelesen?»

«Nein.»

«Dann nimm sie mit und lies vor allem den Artikel von Alicata.»

Ich ging zurück ins Haus meines Onkels, aß sofort zu Abend und las danach den Artikel von Mario Alicata, des engsten Mitarbeiters von Palmiro Togliatti bei allem, was die kulturpolitische Linie der Kommunistischen Partei betraf. Der Artikel war ein unerwartet harter Angriff auf die Zeitschrift «Politecnico» und ihren Chefredakteur Vittorini. Alicata missbilligte die ideologische Ausrichtung der Zeitschrift und bezichtigte sie des Kosmopolitismus, was eine Abweichung von den Leitlinien der Partei bedeutete. Eine damals sehr schwerwiegende Anschuldigung. Der Artikel war zwar von Alicata unterzeichnet, entsprach aber mit Sicherheit Togliattis Meinung.

Die Schlussfolgerung war unmissverständlich, auch wenn sie nicht explizit ausgesprochen war: Entweder Vittorini änderte die politische Tendenz seiner Zeitschrift, oder «Il Politecnico» würde als Abweichler von den Grundsätzen der Partei gelten. Mit diesem Artikel, ein Blitz aus heiterem Himmel, läutete ganz offensichtlich die Totenglocke für die Zeitschrift. Vittorini hatte das erkannt, darum war er während unseres langen Nachmittagsspaziergangs der Realität entflohen, um sich mit meiner Hilfe in eine heitere Gegend zu versetzen, in sein geliebtes Sizilien. Tatsächlich antwortete Vittorini in den darauffolgenden Tagen auf Alicata mit einem Artikel, in dem er seine eigenen Ideen verteidigte. Zuletzt schaltete sich Togliatti sogar persönlich in diese Auseinandersetzung ein.

Wie wir alle vorausgesehen hatten, zog Vittorini es vor, «Il Politecnico» zu schließen, statt die Ausrichtung der Zeitschrift zu ändern.

Und natürlich wurden meine drei Gedichte nie veröffentlicht.

Livio Garzanti

Als ich Ende 1979 mit meinem zweiten Roman, *Das launische Eiland,* fertig war, gab ich ihn dem Literaturkritiker und Filmregisseur Ruggero Jacobbi zu lesen, der begeistert reagierte. Er hatte schon mein erstes Buch, *Hahn im Korb,* sehr wohlwollend rezensiert.

«Dieses Buch darf aber nicht so ein Ende nehmen wie das erste», sagte er.

Denn *Hahn im Korb,* erschienen beim Verlag Lalli, hatte sich sehr schlecht verkauft. Ruggero erwies mir einen großen Freundschaftsdienst, er nahm das Manuskript, fuhr nach Mailand und gab es Gina Lagorio, einer begabten Schriftstellerin und damals noch Freundin des Verlegers Livio Garzanti (die beiden haben später geheiratet).

Eine Woche danach erhielt ich einen enthusiastischen Anruf von Gina Lagorio, die mir mitteilte, sie habe das Manuskript ihrem Freund weitergegeben. Wieder vergingen ein paar Tage, dann kam abermals ein Anruf aus Mailand.

«Hier ist Livio Garzanti.»

Er ließ mir nicht einmal Zeit, den Mund aufzumachen, denn er sagte gleich darauf: «Ich habe Ihren Roman gelesen, er hat mir wirklich sehr gut gefallen. Ich werde ihn veröffentlichen. Sie hören bald von mir.»

Nervös wartete ich auf den versprochenen Anruf, der etwa zehn Tage später kam.

«Hier ist Garzanti, ich bin in Rom. Können Sie morgen um zehn Uhr in mein Hotel kommen?»

«Natürlich! Wo wohnen Sie denn?»

«Ich erinnere mich gerade nicht mehr an den Namen, es ist das Hotel direkt neben dem Palazzo Montecitorio.»

Obwohl wir erst April hatten, war die Luft in Rom warm, was auf einen heißen Sommer hindeutete. Ich zog an, was ich immer trug, und ging in die Küche, um den zweiten Kaffee zu trinken. Aber ich war so nervös, dass ich eine ungeschickte Handbewegung mit der Tasse machte und mir den Kaffee über den Anzug goss. Ich hatte noch zwei Anzüge zum Wechseln, doch einer war in der Reinigung, und der andere war ein rauchgrauer Frack für feierliche Anlässe. Mir blieb nichts anderes übrig, als ihn anzuziehen.

An der Rezeption des Hotels plauderte ein Mann mit dem Portier. Er trug eine zerschlissene Jeans und ein Hemd, das man nicht gerade als frisch gewaschen bezeichnen konnte. Ich bat den Portier, Dottore Garzanti anzukündigen, dass Camilleri angekommen sei.

Der Portier blickte den Mann an, mit dem er sich gerade unterhalten hatte, worauf dieser sich zu mir umdrehte, mich von oben bis unten musterte und sagte: «Das ist also der Armleuchter und angehende Autor, der sich seinem Verleger im Frack vorstellt.»

Ich parierte prompt: «Und das ist der Armleuchter und milliardenschwere Verleger, der sich als Bettler verkleidet, um seinen Autor zu empfangen.»

Dieser Wortwechsel konnte kein guter Anfang sein. Aber er war es. Wir fanden uns auf Anhieb sympathisch. Garzanti war bekannt für seinen schwierigen Charakter und seine Launen, für unvorhersehbare Reaktionen und legendäre

Wutausbrüche – ein Schriftsteller hatte sogar einen Roman über ihn geschrieben, der den Titel *Il padrone* trug.

Bei dieser ersten Begegnung kündigte Garzanti mir an, dass er das Buch sofort drucken lassen werde, damit es schon Ende Juni in den Vertrieb kam. Dann lud er mich zum Essen ein. Fast immer redete nur er, schon an diesem Tag erzählte er mir von einer Amerikareise mit seinem Vater und wie er sich während dieses Aufenthalts ganz und gar von dessen Herrschaft hatte befreien können. Mir gegenüber zeigte er sich vom ersten Moment an freundlich, fast liebevoll.

Als der Roman in die Buchhandlungen kam, rief er mich an und bat mich, an keinem Literaturwettbewerb teilzunehmen, ohne mich vorher mit ihm abzusprechen. Es kam mir vor wie ein böser Witz, als ich ein paar Tage später zu meinem Erstaunen sah, dass der Roman auf der Liste der Kandidaten stand, die für den Premio Viareggio nominiert waren. Ich vermutete eine Initiative des Verlags, stattdessen bekam ich einen Anruf von Garzanti, der vor Wut tobte.

«Warum haben Sie sich nicht an unsere Absprachen gehalten?»

«Hören Sie, Garzanti, ich war genauso erstaunt wie Sie, als ich meinen Namen …»

Er unterbrach mich, immer erbitterter: «Sie haben Ihr Wort gebrochen!»

Nun wurde ich wirklich ärgerlich.

«Lassen Sie sich gesagt sein, dass ich noch immer zu meinem Wort gestanden habe. Guten Tag.» Und ich legte auf.

Nicht einmal zwei Tage vergingen, da rief er wieder an: «Ich muss Sie um Entschuldigung bitten, ich habe mich erkundigt. Es war eine Initiative der Sekretärin des Preiskomitees.»

In den Zeitungen stand, das Buch sei ein Misserfolg. Ich weiß nicht, wie man zu dieser Einschätzung gelangen konnte, tatsächlich waren nach zwei Monaten über sechstausend Exemplare der ersten Auflage von zehntausend Stück verkauft. Es gab viele Besprechungen und keine einzige negative Kritik.

Zu jener Zeit versäumte Garzanti, wenn er nach Rom kam, niemals, mich zum Mittagessen einzuladen. Wir führten lange Gespräche über alles und jedes, und so erfuhr ich auch von seiner großen Liebe zur Philosophie. Er vertraute mir an, dass er gerade an einem Roman schreibe und ich ihn lesen dürfe, wenn er fertig sei. Bald schickte er mir das Buch mit dem Titel *L'amore freddo* (*Die kalte Liebe*), und ich fand ihn sehr gut geschrieben, fesselnd und scharfsinnig. Vorgestellt wurde das Buch in Rom von dem Philosophen Gianni Vattimo. Da ich nicht mit Vattimos Worten übereinstimmte, schrieb ich Livio einen langen Brief, in dem ich ihm darlegte, warum Vattimos Rede mich nicht überzeugt hatte. Er antwortete, er sei genau meiner Meinung.

Wir hatten inzwischen ein vertrautes Verhältnis. In jenen Tagen hatte ich *Eine Sache der Ehre* beendet, und Leonardo Sciascia riet mir, den Text vom Sellerio-Verlag in Palermo herausbringen zu lassen. Ich war einverstanden, denn es handelte sich nicht um einen Roman, sondern um eine historische Abhandlung über eine Begebenheit im Gefängnis meines Heimatortes während der Aufstände von 1848 – ein auf die lokale Geschichte beschränktes Thema, das einen Verlag wie Garzanti meiner Meinung nach nicht interessieren konnte. Nachdem Sellerio sich bereit erklärt hatte, mein Buch zu publizieren, fühlte ich mich verpflichtet, Livio Garzanti bei einem Abendessen darüber zu informieren. Während ich sprach, verhärteten sich seine Züge.

«Sie kennen den Passus in unserem Vertrag, der besagt, dass Sie mir Ihr nächstes Buch überlassen müssen?»

Sein Tonfall erinnerte mich stark an das Telefonat über den Premio Viareggio.

«Ja, ich weiß, aber …»

«Da gibt es kein Wenn und Aber!», unterbrach er mich.

Ich versuchte, ihn zu besänftigen.

«Hören Sie, Livio, es handelt sich um eine sizilianische Geschichte, die fast vollständig im Dialekt geschrieben ist, und …»

Wieder unterbrach er mich wutschnaubend: «Handeln Ihre ersten beiden Romane etwa von Ereignissen in Schweden und sind nicht im Dialekt geschrieben?»

Ohne mir Zeit für eine Erwiderung zu geben, stand er auf und verschwand. Mir blieb nichts anderes übrig, als die Rechnung zu bezahlen und nach Hause zu gehen.

Er hat mich nie wieder angerufen.

Emanuele Cassesa

Emanuele Cassesa war mein Italienischlehrer in den letzten drei Gymnasialklassen. Obwohl wir uns im Krieg befanden, hatte man den etwa vierzigjährigen Cassesa nicht zum Militär eingezogen, weil er bei der Musterung vor zwanzig Jahren wegen Taubheit für dienstuntauglich erklärt worden war. Das erzählte er unserer Klasse, als wir zum ersten Mal fragten, warum er keine Uniform trug.

«Mir scheint aber, dass Sie sehr gut hören können, Professore!», wagte ich einzuwenden.

«Damals war ich taub», antwortete er und wechselte das Thema.

Man wusste von ihm, dass er aus einem Dorf nahe Agrigent stammte, unverheiratet und ein Glücksspieler war, der seine Nächte in illegalen Spielhöllen verbrachte. Unter dem faschistischen Regime waren Glücksspiele verboten.

Manchmal kam er schlaftrunken ins Klassenzimmer. Dann bat er uns, die Fensterflügel zu schließen und mindestens zehn Minuten mucksmäuschenstill zu sein, damit er ein Nickerchen halten konnte. Einer von uns bekam den Auftrag, ihn nach einer Viertelstunde zu wecken.

Ein Faschist war Cassesa nicht, und das zeigte er auf unterschiedlichste Weise, obwohl er es nie offen zugab. Wenn er zum Beispiel durch die Umstände gezwungen war, das schwarze Hemd zu tragen, verdeckte er es nicht nur mit einer bis zum Hals zugeknöpften Jacke, sondern auch mit einem Mantel oder einem Trenchcoat, den er sogar an glühend heißen Sommertagen anzog.

Von der ersten Stunde an, die er über Dantes *Göttliche Komödie* hielt, verzauberte er schon die halbe Klasse. Er begann mit dem ersten Gesang der *Hölle* und erklärte ihn Vers für Vers mit einfachen, gebräuchlichen Worten, sodass alle noch die abwegigsten Dinge verstanden.

Nach sechs Unterrichtsstunden über Dante teilte Cassesa uns mit, dass er von nun an keine Stunden mehr geben werde, weil, so erklärte er, das Gehalt, das man ihm zahle, seiner Meinung nach mit Ach und Krach für sechs Stunden reiche. Wenn wir wollten, dass er uns weiterhin unterrichte, müssten wir ihn bezahlen. Wir waren bass erstaunt.

Ich wandte ein: «Aber wir haben kein Geld, Professore. Was würden Ihre Unterrichtsstunden uns denn kosten?»

«Wenig», antwortete er. «Ein Päckchen Zigaretten der Marke Macedonia pro Woche.»

Wir nahmen seinen Vorschlag an und legten ihm jeden Montag ein Päckchen Zigaretten aufs Katheder. Die ganze Klasse hatte Geld dafür gesammelt.

Von da an verlangten auch die, die ihm vorher nicht zugehört hatten, dass seine Unterrichtsstunden genau sechzig Minuten dauerten, das eventuelle morgendliche Schläfchen nicht eingerechnet, und erst mit dem Klang der Schulglocke endeten.

Diesen Bedingungen beugte Cassesa sich gerne.

Jahre später begriff ich, dass die Forderung nach Bezahlung ein höchst geschickter Schachzug von ihm gewesen war, um auch jene Schüler, die anfangs unaufmerksam und lustlos dagesessen hatten, für seinen Unterricht zu interessieren.

Als das Schuljahr sich dem Ende neigte, sagte Cassesa: «Jungs, besprecht euch untereinander und nennt mir dann die Namen von zwei oder drei Schülern, die ich nicht versetzen soll.»

Das führte natürlich zu hitzigen Diskussionen, doch sie endeten mit einer Art Abstimmung, aus der drei Namen von Schülern hervorgingen, die das Jahr wiederholen mussten.

Er selbst ließ aber nie jemanden durchfallen.

Er war nicht nur ein außergewöhnlicher Dante-Experte, er lehrte uns auch das Leben. Einmal beschlossen wir, unserer Lehrerin in Naturkunde einen Streich zu spielen. Sie war eine über fünfzigjährige alte Jungfer und, ehrlich gesagt, ziemlich hässlich, allerdings mit einem Herz aus Gold. Als sie zum Unterricht in die Klasse kam, fand sie einen Gegenstand auf dem Lehrerpult, den sie noch nie zuvor gesehen hatte.

Sie nahm das Ding in die Hand, betrachtete es und fragte: «Was ist das?»

Der Erfinder des Streichs antwortete: «Keine Ahnung, Professoressa, das hat Professore Cassesa hiergelassen.»

Es war ein Präservativ.

Die Lehrerin rief den Hausmeister, nahm das Präservativ und reichte es ihm mit den Worten: «Bringen Sie das Professore Cassesa zurück, er hat es hier vergessen.»

Der Hausmeister nahm es, warf uns einen zornglühenden Blick zu und ging hinaus.

Am nächsten Tag kam Cassesa mit finsterem Gesicht in die Klasse und erwiderte unseren Gruß nicht. Er setzte sich ans Lehrerpult und sagte: «Hört mir gut zu, ihr Flegel. Gestern habt ihr die Reinheit und Unschuld einer armen Frau in gemeinster Weise ausgenutzt und euch hinter ihrem Rücken über sie lustig gemacht. Herzlichen Glückwunsch, macht nur so weiter, und ihr werdet Schurken und Verbrecher, erbarmungslose Opportunisten, die aufrichtige und wehrlose Menschen grausam ausnutzen. Indirekt habt ihr eine Lehrerin beleidigt, die euch liebt, denn ihr ahnt ja nicht einmal, mit welcher Güte sie jeden von euch verteidigt, der dem Lehrerkollegium wegen eines Vergehens gemeldet wird. Ich verlange, dass einer von euch jetzt sofort in die Klasse geht, wo die Professoressa unterrichtet, vor dem Lehrerpult niederkniet, ihr die Hand küsst und ohne irgendwelche Ausflüchte über das Wie und Warum sagt: «Ich bitte Sie um Verzeihung.»

«Ich gehe», sagte der Junge, der den Streich ausgeheckt hatte, und führte Cassesas Befehl aus.

Ein anderes Mal beschuldigte ein Klassenkamerad einen anderen, ihm Kleingeld aus seiner Jackentasche geklaut zu haben. Cassesa tadelte den Denunzianten hart.

«Wenn ihr Männer seid oder es werdet wollt, dann löst ihr solche Dinge unter euch, mannhaft, anstatt andere zu denunzieren. Im Übrigen bin ich hier nicht für die öffentliche Sicherheit zuständig.»

Er versäumte keine Gelegenheit, um uns zu richtigen Männern zu erziehen.

Ein anderes Mal nutzte er einen Passus bei Dante, «Geschaffen wart ihr nicht, damit ihr lebtet wie die Tiere, vielmehr um Tugend und Erkenntnis anzustreben», und erklärte uns, dass Tugend und Erkenntnis anzustreben nur in einer gerechten Gesellschaft möglich sei. Und dann ließ er sich zu einer wunderbaren Rede über die Freiheit hinreißen, einem erbitterten, indirekten Angriff auf das faschistische Regime, dem wir damals unterworfen waren.

Wenige Jahre später hörte ich, dass Cassesa, der auch in Jura promoviert war, den Lehrerberuf aufgegeben hatte und in Palermo Justiziar des Istituto nazionale di previdenza sociale, des wichtigsten Sozialversicherungsträgers in Italien, geworden war. Er war sogar der Vorgesetzte aller Anwälte, die das Institut in Gerichtsverfahren verteidigten. Ich wunderte mich über seine Entscheidung, hatte aber keine Gelegenheit, ihn nach dem Grund zu fragen.

Doch einige Zeit später wurde mir alles klar. Nachdem Cassesa das Institut zwei Jahre lang als Anwalt verteidigt hatte, hatte er gekündigt und eine eigene Anwaltskanzlei aufgemacht. Natürlich hatte er sich auf Klagen gegen das Istituto nazionale di previdenza sociale spezialisiert.

Der Ingenieur Bertoletti

Ende Mai 1942 kam ein Junge in mein Städtchen, der drei Jahre älter war als ich. Sein Name war Leo Guida, und er stammte aus Palermo. Seine verwitwete Mutter wollte den Sommer bei ihrem Bruder verbringen, einem Hafenlotsen. Wir schlossen sofort Freundschaft, denn wir entdeckten, dass wir gemeinsame Interessen hatten. Leo ging auf die letzte Klasse der Akademie der schönen Künste, sein Lehrer war Pippo Rizzo, der so berühmte Maler wie Renato Guttuso und Lia Pasqualino unterrichtet hatte. Außerdem war Leo ein ebenso gieriger Leser von zeitgenössischen Dichtern und Romanciers wie ich. Wir machten es uns zur Gewohnheit, jeden Morgen an den Strand zu gehen, die Badehose trugen wir bereits unter unseren Hosen. Der Strand war menschenleer. Wir legten unsere Kleider ab, setzten uns ans Wasser und lasen einander Gedichte, Stellen aus Romanen oder Artikel auf der dritten Zeitungsseite vor, die uns besonders beeindruckt hatten.

Eines Tages sahen wir einen Mann am Strand auftauchen, der über fünfzig sein musste, hochgewachsen, schlank, blond und ebenfalls mit einem Buch unter dem Arm. Ganz in unserer Nähe zog er sich aus, die Badehose trug er schon, um sich gleich darauf ins Wasser zu stürzen und mit kräftigen Stößen weit hinauszuschwimmen. Nachdem er lange Zeit geschwommen war, kam er wieder ans Ufer und begann am Wasser entlangzulaufen, bis er unseren Blicken entschwunden war. Eine Stunde verging, dann kehrte er zurück und kam auf uns zu. An diesem Morgen hatte ich die neueste Ausgabe der schönen Zeitschrift «Primato» mitgebracht, eines eher literarischen als politischen Blattes, für das formell der Minister Bottai verantwortlich zeichnete, das aber de facto von den zwei Chefredakteuren Giorgio Vecchietti und Giorgio Cabella gemacht wurde. «Primato» brachte Literaturkritiken und Berichte über künstlerische und philosophische Strömungen der Zeit, geschrieben von jungen Leuten, die sich schon einen Namen gemacht hatten, wie Giaime Pintor, Nicola Abbagnano, Enzo Paci und anderen. Viel Raum wurde zeitgenössischen Lyrikern gewidmet, von denen in jeder Ausgabe vier oder fünf Gedichte erschienen.

Der Herr fragte uns: «Darf ich mich zu euch setzen?»

Wir bejahten, er setzte sich, reichte uns die Hand und stellte sich vor: «Ich bin Mario Bertoletti aus Bergamo und werde mindestens sechs Monate hierbleiben. Ich bin Ingenieur, man hat mich beauftragt, die Modernisierungsarbeiten am Elektrizitätswerk zu leiten.»

Wir waren ein wenig enttäuscht. Worüber konnten wir uns mit einem Ingenieur unterhalten, wenn wir weder von Mathematik noch von Technik das Geringste verstanden? Wir stellten uns ebenfalls vor, ich als Gymnasiast und Leo als Student der Kunstakademie. Der Ingenieur bekannte sofort: «Ich bin ein großer Liebhaber zeitgenössischer Malerei. Carrà, Morandi, die römische Schule, Mafai, Donghi, aber vor allem Scipione.»

Den letzten Namen hatte ich noch nie gehört. Leo konnte nur sagen, dass Pippo Rizzo an der Akademie einige Male auf ihn hingewiesen hatte.

Der Ingenieur sagte: «Wie gut, dass ich zwei schöne Reproduktionen von Scipiones Gemälden bei mir habe. Morgen bringe ich sie euch, dann können wir darüber sprechen.»

Und an mich gewandt: «Ich bin auch ein Leser des ‹Primato›. Welche Dichter von heute kennst du?»

«Montale, Ungaretti, Saba, Luzi, Gatto ...»

«Und Sinisgalli?», fragte er mich.

«Den kenne ich nicht.»

«Er ist Ingenieur wie ich. Morgen lese ich dir etwas von ihm vor.»

Und so kam es, dass aus unserem Duo von dem Tag an ein unzertrennliches Trio wurde. Er brachte uns nicht nur die versprochenen Fotografien, die uns trafen wie der Blitz (es waren zwei Porträts: *Ritratto del cardinale decano* und *Ritratto di dama*), er erzählte uns auch, dass Scipione ein Pseudonym sei, denn dieser Maler heiße in Wirklichkeit Gino Bonichi und sei jung an Tuberkulose gestorben. Er fügte hinzu, dass Scipione auch Gedichte geschrieben habe, und sagte uns auswendig zwei, drei Gedichte auf.

Eines Tages stellte uns der Ingenieur eine überraschende Frage.

«Glaubt ihr an den Faschismus?»

Ich wechselte einen raschen Blick mit Leo. Vor einiger Zeit hatten wir uns gegenseitig unsere Zweifel am Regime anvertraut. Konnten wir sie dem Ingenieur offenbaren? Was wussten wir schon von ihm? Er hätte durchaus ein Spion sein und uns später anzeigen können. Doch der Ingenieur war ein intelligenter Mann, er deutete unser Zögern genau richtig.

«Ihr habt mir schon geantwortet», sagte er lächelnd und

fuhr fort: «Ich habe lange Zeit daran geglaubt, aber jetzt nicht mehr.»

Er sprach kein politisches Thema mehr an, wir unterhielten uns weiter nur über Kunst. Er wusste sehr viel, von ihm erfuhren wir eine Menge Dinge über die Künstler, die wir liebten. Es war, als hätte er sie alle persönlich gekannt.

Eines Morgens kam er an, zog sich aber nicht aus. Er sagte, er sei nur gekommen, um sich von uns zu verabschieden, denn seine Firma habe ihn zurückgerufen, ein dringenderer und wichtigerer Auftrag erwarte ihn. Alle drei waren wir gerührt, wir umarmten uns. Plötzlich tat der Ingenieur etwas Überraschendes: Er trat zwei Schritte zurück, sah uns lange an, dann hob er den rechten Arm mit der zur Faust geballten Hand. Wir wussten, dass dies der kommunistische Gruß war, und hatten, ehrlich gesagt, in dem Moment Angst um ihn. Wenn ihn nun jemand dabei beobachtete? Der Ingenieur blickte uns starr in die Augen. Der Erste, der die Faust hob, war Leo, gleich danach hob auch ich meinen Arm. Der Ingenieur lächelte.

«Jetzt habt ihr mich aus Höflichkeit so verabschiedet. Ich hoffe aber, dass wir uns eines Tages wiedersehen und uns nicht nur aus Höflichkeit so begrüßen, sondern als wirkliche Genossen.»

Er senkte den Arm, blickte uns ein letztes Mal an, drehte sich um und ging davon.

David, genannt Pippo

Als der Faschismus im Jahr 1938 die Rassengesetze erließ, war ich dreizehn und besuchte die dritte Gymnasialklasse. Schon im ersten Jahr hatte ich Freundschaft mit einem Klassenkameraden geschlossen, der David Perna hieß, den aber alle aus unerfindlichen Gründen Pippo nannten. Eines Vormittags nahm Pippo mich nach dem Unterricht beiseite und sagte, vom nächsten Tag an würde er nicht mehr zur Schule kommen. Da er der Sohn eines Eisenbahners war, dachte ich, sein Vater sei versetzt worden. Um mir die Vermutung bestätigen zu lassen, fragte ich: «Hat man deinen Vater versetzt?»

«Nein», antwortete er, «mein Vater darf auch nicht mehr arbeiten.»

«Warum denn nicht?»

Er lächelte bitter.

«Weil wir Juden sind.» Wir verabschiedeten uns mit einer Umarmung.

Ich kehrte zum Mittagessen nach Hause zurück, und gleich nachdem ich Papa und Mama erzählt hatte, dass mein Freund Pippo nicht mehr zur Schule kommen würde, weil er Jude war, fragte ich Papa, was das bedeuten sollte. Denn bis zu dem Moment hatte ich noch nie etwas von den Rassengesetzen gehört. Papa war Squadrist gewesen und hatte beim Marsch auf Rom mitgemacht, das heißt, er war ein mustergültiger Faschist der ersten Stunde. Doch als er meine Frage hörte, geriet er sichtlich in Rage, er bekam einen roten Kopf und sagte Worte, die ich nie vergessen habe und für die ich ihm ewig dankbar bin: «Es stimmt nicht, dass die Juden anders sind als wir, sie sind genauso wie wir. Diese Sache mit der Rasse hat Mussolini nur aufbringen müssen, um sich mit seinem Freund Hitler zu verbünden. Du darfst das nicht glauben. Und lass dich niemals zu etwas anderem überreden.»

Natürlich hörte ich in den folgenden Jahren nichts mehr von Pippo, doch als der Krieg vorbei war und wir zum ersten Mal vom Holocaust lasen und, schlimmer noch, die Dokumentarfilme über die Konzentrations- und Todeslager der Nazis sahen, begann das Bild meines Freundes Pippo mich Tag und Nacht zu quälen, das gebe ich aufrichtig zu. Manchmal wachte ich mitten in der Nacht auf und fragte mich, was aus meinem Freund geworden war, ob die Nazis ihn gefangen genommen und in eines dieser entsetzlichen Lager geschickt hatten, oder ob er irgendwie hatte überleben können. Von Rom aus kontaktierte ich alte Schulkameraden, aber keiner konnte mir etwas über Pippos Schicksal sagen. Ich hatte ein Gruppenfoto von der zweiten Klasse am Gymnasium, auf diesem Bild standen wir lächelnd nebeneinander. Manchmal sah ich es mir an. Der Gedanke an meinen verschwundenen jüdischen Freund ging mir nicht mehr aus dem Kopf.

Ende der achtziger Jahre kam ein von mir im griechischen Theater von Tindari inszeniertes und von Luigi Pirandello ins Sizilianische übersetztes Stück, Euripides' *Der Kyklop*, nach Rom ins Teatro Tenda. Die Premiere in der Hauptstadt war recht erfolgreich. Ich ging jeden Abend zwei Stunden vor Beginn der Aufführung ins Theater, teils, um zu kontrollieren, ob alles in Ordnung war, teils, um mich bei der Kassiererin zu erkundigen, wie groß der Zuspruch des Publikums bei dieser Vorstellung ausfiel. Am Abend der fünften Aufführung sagte mir eine der Kassiererinnen, ein Herr habe nach mir gefragt. Sie habe ihm mitgeteilt, ich würde bald ins Theater kommen, darauf habe er erklärt, er werde kurz weggehen, aber gleich zurückkehren. Seinen Namen habe er nicht genannt.

Kaum hatte die Kassiererin zu Ende gesprochen, zeigte sie mir einen Mann, der soeben das Theater betrat.

«Das ist er.»

Ich ging ihm entgegen, er war mir völlig unbekannt.

«Ich bin Andrea Camilleri, Sie haben mich gesucht?»

Der Mann, der klein und sehr gut gekleidet war, beantwortete meine Frage nicht sofort. Er sah mich lange an, dann fragte er seinerseits: «Sie sind Nené Camilleri?»

«Ja», antwortete ich, «aber wer sind Sie?»

Plötzlich warf er sich mir an den Hals, drückte mich fest und sagte mir ins Ohr: «Ich bin Pippo Perna.»

Und wir umarmten einander mit Tränen in den Augen.

«Ich bin auf der Durchreise», sagte er. «Ich habe zwei Stunden Zeit.»

Wir gingen in ein Café in der Nähe, wo wir uns an einen Tisch setzten. Er erzählte, dass er Agrigent 1938 verlassen hatte und mit seinen Eltern bei einem Onkel, der Ländereien in Sila in Kalabrien besaß, Unterschlupf gefunden hatte. Sein Vater half dem Bruder bei der Feldarbeit, seine Mutter arbeitete als Schneiderin, und so hatten sie überlebt. Er nahm Unterrichtsstunden beim Pfarrer des Dorfes, dessen Einwohner alle so taten, als wüssten sie nicht, dass die Familie Perna jüdisch war. Sie waren davongekommen.

Nach Kriegsende hatte er alle Prüfungen abgelegt, die er während des Faschismus nicht hatte machen können, dann hatte er sich an der Universität eingeschrieben und einen Abschluss in Ingenieurwissenschaften gemacht. Nach Rom war er geschäftlich gekommen, hier hatte er ein Theaterplakat mit meinem Namen gesehen.

In diesen zwei Stunden erzählten wir uns hastig alles, was in unser beider Leben geschehen war. Dann musste er zum Zug nach Mailand, ich brachte ihn zum Bahnhof. Wir standen auf dem Bahnsteig und redeten noch unentwegt, bis ein langer Pfiff die Abfahrt des Zuges ankündigte. Wir blickten uns gerührt an und umarmten einander noch einmal. Dann stieg er ein, und wir verabschiedeten uns winkend, bis ich ihn nicht mehr sehen konnte.

Von dem Moment an verschwand Pippo aus meinen Träumen.

Kurze Begegnung mit Primo Levi

1966 veröffentlichte ein angesehener italienischer Verlag unter dem Titel *Storie naturali* ein Buch mit phantastischen, zum Teil wirklich witzigen Erzählungen. Der Autor war ein gewisser Damiano Malabaila und in der literarischen Welt völlig unbekannt. Viele Leser wunderten sich bei der Lektüre: allzu versiert und sorgfältig sei die Schreibweise, zu perfekt die Anordnung tragender Elemente in jeder Erzählung, um das Werk eines Debütanten zu sein. Und außerdem: Wie hatte ein blutiger Anfänger es geschafft, von einem Verlag publiziert zu werden, der für seine strengen Auswahlkriterien bekannt war? Nach kurzer Zeit schon erhielt man die Antwort. Es gab keinen Damiano Malabaila, das war ein Pseudonym, hinter dem sich zu meiner größten Überraschung niemand anderes verbarg als Primo Levi, der Autor des unvergesslichen Buchs *Ist das ein Mensch?*.

Mehrmals habe ich mich gefragt, ob Levi selbst nicht womöglich überrascht war, als er eine so unterhaltsame Ader bei sich entdeckte wie jene, die einen Großteil der *Storie naturali* auszeichnet. Vielleicht hatte er sich deshalb entschieden, die Erzählungen mit dem Pseudonym Malabaila zu firmieren.

Jedenfalls beschloss die Abteilung für Theater des Hörfunks der RAI, wo ich als Regisseur arbeitete, eine dieser Geschichten, *Il versificatore* (Der Verseschmied), als Hörspiel bearbeiten zu lassen und es in den Studios von Turin zu produzieren. Doch als die Verantwortlichen der Theaterabteilung sich die Hörspielfassung einen Monat später anhörten, bevor sie sie sendeten, waren sie entsetzt. Die Darbietung der Sprecher und die Regie waren von so miserabler Qualität, dass es sogar eine Beleidung des Autors Primo Levi hätte darstellen können, hätte man das Hörspiel gesendet. Darum wurde beschlossen, eine neue, völlig andere Fassung herstellen zu lassen, und man vertraute mir die Regie an. Wir hatten wenig Zeit, weil die Sendung im Programm bereits angekündigt war. Ich fuhr sofort nach Turin, und das Erste, was ich dort tat, war, Primo Levi, den ich nicht kannte, telefonisch um ein Treffen zu bitten.

Als er den Grund für meine Bitte hörte, zeigte er sich verwundert.

«Ist *Il versificatore* denn nicht schon fertiggestellt?»

«Ja, aber wissen Sie, es ist nicht besonders gut geworden, darum ...»

Er ließ mich nicht ausreden. «Darf ich Sie morgen zum Mittagessen ins Cambio einladen?», fragte er.

Das Cambio war das bekannteste und älteste Restaurant Turins.

«Sehr gerne!», antwortete ich.

Il versificatore war die Geschichte einer Maschine, die auf Kommando Verse machen konnte. Doch in Levis Erzählung nahm diese Maschine sich sehr oft, sagen wir, poetische Freiheiten heraus, die zu Missverständnissen und Verwirrung führten. Meine Idee war, die Maschine nicht mit der mechanischen, völlig tonlosen Stimme sprechen zu lassen, die typisch für Roboter zu sein scheint, nein, sie sollte die Verse mit der emphatischen Betonung sprechen, mit der ein schlechter Lyriker sein eigenes Gedicht vorliest. Allerdings würde ich die Stimme des Schauspielers mit Hilfe des Instituts für Phonologie in irgendeiner Weise verfremden lassen, um deutlich zu machen, dass es sich nicht um ein menschliches Wesen handelte.

Mit Herzklopfen betrat ich das Cambio: Levi persönlich kennenzulernen und mit ihm sprechen zu dürfen versetzte mich in nicht geringe Aufregung. Doch dank seines liebenswürdigen Wesens, seiner Höflichkeit, seiner Anteilnahme und Aufmerksamkeit, die er meinen Worten von Anfang an schenkte, fühlte ich mich in seiner Gegenwart sehr wohl. Wir fanden heraus, ohne es uns zu sagen, dass wir einander sympathisch waren. Deshalb verlängerte Levi das Mittagessen, nach dem Kaffee sagte er, er habe noch etwas Zeit und würde gerne mit mir über mein Sizilien sprechen. Nach dieser Unterhaltung verließen wir das Restaurant. Direkt neben dem Cambio ragte die majestätische Fassade des Teatro Carignano auf.

«Haben Sie schon einmal im Theater unserer Stadt gearbeitet?», fragte Levi.

«Dazu hatte ich noch keine Gelegenheit.»

«Sie haben es nicht einmal als Zuschauer gesehen?»

«Auch das nicht.»

Er bemerkte, dass der Haupteingang des Theaters offen stand, sah mich an und fragte: «Möchten Sie es besichtigen? Ich bin ein Freund des Direktors.»

«Sehr gerne!», antwortete ich.

Wir gingen hinein. Im Foyer unterhielt sich ein eleganter Herr mit einer Frau, und als er Levi erblickte, kam er mit ausgestreckter Hand auf ihn zu. Die beiden begrüßten sich herzlich. Levi erklärte ihm den Grund unserer Anwesenheit. Der Direktor war sofort für uns da und ließ alle Lichter im Theater anmachen – tatsächlich handelte es sich um ein Juwel mit einer glanzvollen Ausstrahlung. Ich bat darum, auf die Bühne gehen zu dürfen, der Direktor begleitete uns, führte mich in die Kabine für die Lichtregie und zeigte mir, wenngleich aus Entfernung, die Apparaturen im Schnürboden. In diesem Moment wurde er von einem Theaterdiener gerufen, denn ein Telefonat aus dem Ausland war angekommen, das der Direktor bereits erwartet hatte. Er verabschiedete sich von uns und sagte, nach der Besichtigung könnten wir den Hinterausgang nehmen, den sogenannten Künstlereingang. Ich bewunderte die Herrlichkeit noch fünf Minuten lang, dann sagte ich zu Levi, wir könnten gehen.

Hinter der Bühne entdeckten wir die Tür, die zum Ausgang führte. Sie öffnete sich auf einen Korridor, an dessen Ende der Künstlereingang lag. Neben dem Eingang befand sich die Portiersloge, darin saß der Hausmeister, der gerade Zeitung las. Als er uns hörte, hob er den Blick, seine Miene wurde strahlend, er stand auf, öffnete die Tür des verglasten Kabuffs und kam mir mit ausgestreckter Hand entgegen: «Dottore Camilleri! Was für eine schöne Überraschung! Sind Sie gekommen, um wieder einmal bei uns Regie zu führen?»

Während der Boden sich buchstäblich unter meinen Füßen öffnete und ich schweißgebadet darin versank, murmelte ich dem Portier etwas zu, dann eilte ich hastig zum Ausgang, gefolgt von Levi. Auf der Straße verfielen wir in ein peinliches Schweigen. Ich war völlig durcheinander, konnte mich aber zusammenreißen und sagte zu Levi: «Ich schulde Ihnen eine Erklärung.»

«Sie schulden mir gar nichts», erklärte er überaus freundlich, «doch wenn Sie mir davon erzählen wollen ...»

Also erzählte ich ihm, dass ich vor nur sechs Jahren hier im Teatro Carignano eine besondere Fassung des Einakters von Giovanni Verga, *Cavalleria rusticana* inszeniert hatte. Doch sei es, weil die Schauspieler unglücklich gewählt waren, sei es wegen einer unbesonnenen Fehlinterpretation meinerseits, diese Aufführung war mir als die schlechteste aller Regiearbeiten erschienen, die ich bis dahin gemacht hatte, und ich hatte sie so gründlich aus meinem Gedächtnis gestrichen, dass ich mich nicht erinnern konnte, jemals in diesem Theater gearbeitet zu haben.

«Ich habe das wirklich und wahrhaftig verdrängt», sagte ich.

Levi, der mir stumm zugehört und dabei ein wenig verlegen auf seine Schuhspitzen gestarrt hatte, hob den Kopf und sah mir in die Augen.

«Wenn Sie wüssten, wie oft ich in meinem Leben schon gezwungen war, zu ...», flüsterte er.

Und wir nahmen unseren Weg schweigend wieder auf.

Benedetto Croce

Von Benedetto Croce hatte ich in meiner Jugend nichts gelesen.

Ich kannte ihn nur dem Namen nach und aufgrund seines Rufes, weil er in den Zeitungen und den Zeitschriften der faschistischen Studentengruppen häufig attackiert, manchmal auch verspottet wurde. Einmal sah ich in der Zeitschrift «Il Primato» eine hübsche Karikatur des Zeichners Amerigo Bartoli, die mich so amüsierte, dass sie mir im Gedächtnis geblieben ist. Sie zeigte den neapolitanischen Philosophen, der in seinem Arbeitszimmer mit Schreiben beschäftigt war. Hinter ihm stand niemand anderes als Hegel, ein wenig vorgebeugt, der verstohlen beobachtete, was Croce schrieb. Die Bildunterschrift lautete: «Hegel: ‹Was ich am meisten an Ihnen bewundere, Maestro, ist Ihr Sinn für Geschichtchen›.»

Das war ein böser Witz. Denn tatsächlich gab es nicht wenige, die Croce wegen seiner Vorliebe für anekdotische Abschweifungen bei seinen ernsthaften Schriften über Geschichte oder Philosophie kritisierten. Als ich ihn endlich selbst las, wurde mir klar, dass diese Kritik unberechtigt war. Die sogenannten «Geschichtchen» waren in Wirklichkeit Beispiele, die dazu dienten, den Gedankengang des Philosophen zu verdeutlichen, und diesen Zweck erfüllten sie gut. So begann ich, Croce zu bewundern, obwohl ich viele seiner Ideen wegen meiner marxistischen Überzeugungen nicht teilen konnte.

Im Mai 1945 ging ich nach Rom und blieb dort etwa einen Monat als Gast im Haus meines Onkels, der ein hohes Amt in der liberalen Partei bekleidete. Eines Abends, wir saßen beim Essen, verkündete der Onkel, der einen Chrysler besaß, dass er nach dem Essen sofort aufbrechen und nach Neapel fahren werde. Er müsse Benedetto Croce abholen und nach Rom bringen, darum werde der große Philosoph am nächsten Tag unser Gast beim Mittagessen sein. Sofort erklärte ich: «Dann esse ich morgen in der Trattoria.»

«Warum?», fragte mein Onkel erstaunt.

«Was soll ich denn sagen, wenn Croce mich anspricht? Ich fühle mich ihm nicht gewachsen.»

«Rede keinen Unsinn! Croce ist ein umgänglicher, leutseliger Mensch!»

Und so sah ich mich am nächsten Tag direkt neben ihm sitzen. Er richtete mit freundlicher Miene das Wort an mich, fragte, was ich studierte, ob mir die Philosophie gefalle und welche Vorstellungen ich von meiner Zukunft hätte.

Er sprach auf so schlichte, natürliche Weise, dass mir sofort war, als würde ich ihn schon seit Jahren kennen. Dann erzählte er uns eine Anekdote, der er sogar einen Titel gab: «Die bestrafte Eitelkeit».

Einleitend erklärte er, wenn er mit dem Zug von Neapel nach Rom fahre, setze er sich immer in ein leeres Abteil erster Klasse und bedecke alle anderen Plätze mit Büchern, damit niemand kam und ihn störte.

Und genau so lief es jedes Mal. Die Reisenden öffneten die Schiebetür des Abteils, sahen Croces massige Gestalt über seine Lektüre gebeugt und die überall herumliegenden Bücher und zogen sich eingeschüchtert zurück. Doch einmal kam ein Reisender herein, den Croce als einen etwa vierzigjährigen Schönling beschrieb, nach der neuesten Mode gekleidet. Der Mann fragte: «Sind diese Plätze denn alle besetzt?»

«Nein, schieben Sie ein paar Bücher beiseite und setzen Sie sich.»

Der Reisende nahm direkt gegenüber von Croce Platz. Der Zug fuhr ab, und wie der Philosoph befürchtet hatte, versuchte der Reisende nach wenigen Minuten ein Gespräch anzufangen.

«Sie gestatten? Ich heiße Antonio Gargiulo», sagte er und reichte ihm die Hand.

«Und da», erzählte Croce, «beschloss ich, ihn zu demütigen.»

Er schüttelte ihm die Hand, sagte betont langsam: «Angenehm. Ich bin Benedetto Croce», und sah ihm in die Augen.

Der Reisende machte eine überraschte Miene, dann fragte er: «Croce ... Croce ... Sind Sie zufällig verwandt mit Ersilia Croce?»

Wenn er sein Mittagessen beendet hatte, pflegte Croce ein paar Schritte zu gehen. Mein Onkel musste zurück in die Parteizentrale, darum ernannte er mich zu Croces Begleiter auf diesem kurzen Gang um den Häuserblock. Mich packte die blanke Panik. Als wir aus der Haustür traten, kreisten meine Gedanken in schwindelerregendem Tempo darum, was ich sagen sollte, was ich den Professor fragen konnte. Denn so wollte er genannt werden, wie er uns beim Mittagessen gesagt hatte. Mit ihm über Philosophie zu sprechen wäre verrückt gewesen, meine Kenntnisse auf dem Gebiet waren viel zu kläglich; politische Themen waren in Anbetracht meiner Überzeugungen nicht geraten, vielleicht hätte ich einen Fauxpas begangen. Über Tagesereignisse reden? Als wenn ein so erhabener Philosoph sich für banale Nachrichten interessieren würde! Kurzum, ich ging neben ihm, ohne den Mund aufzumachen.

Wir kamen wieder vor der Haustür an, ich wollte gerade klingeln, da sah er mir in die Augen, lächelte mir zu und sagte: «Ich danke Ihnen für Ihr wunderbares Stillschweigen.»

Foffa

In meinem Heimatort gab es ein Freudenhaus, die Pension Eva, über die ich sogar einen Roman geschrieben habe. Doch es gab auch zwei, sagen wir, freischaffende Prostituierte. Eine hieß Cettina, sie hatte die vierzig seit langem überschritten, die andere war eine Frau um die zwanzig mit Namen Foffa. Aus welchem Namen dieser Spitzname sich ableitete, weiß ich nicht. Die Erste habe ich nie kennengelernt, die Zweite sah ich manchmal, wenn sie sonntags zur Messe ging, die sie nie versäumte. Sie war eine junge Frau mit einem herrlichen Körper, aber ihr Gesicht war früh gealtert. Ich wusste, dass sie zwei Söhne hatte und dass einer Nené hieß, genauso wie ich in der Familie und von Freunden genannt wurde. Der andere hieß Gerlando. Nené war 1942 vier Jahre alt, Gerlando sechs.

Ich hatte einen Freund, ein paar Jahre älter als ich, der einer ihrer Stammkunden war. Eines Tages fragte er mich, ob ich ihn begleiten wolle, und ich sagte aus Neugierde ja. Foffas Wohnung war ärmlich, sie bestand aus einem Raum, der als Wohn- und Esszimmer diente, einem Schlafzimmer, der Küche und einem Bad. Mein Freund bat mich, im Wohnzimmer zu warten, er ging mit Foffa ins Schlafzimmer.

«Ich mache es kurz.»

Tatsächlich kam er nach zwanzig Minuten wieder heraus, gefolgt von Foffa.

«Und du?», fragte sie mich.

«Nein, danke.»

«Gefalle ich dir nicht?»

«Nicht deswegen, nein.»

Sie sah mich so durchdringend an, dass ihr Blick mich verwirrte, er verfolgte mich noch ein paar Tage lang, ich konnte ihn einfach nicht loswerden. Darum beschloss ich, sie zu besuchen.

Eine alte Frau öffnete mir.

«Foffa ist beschäftigt, wenn du willst, kannst du im Wohnzimmer warten.»

«In Ordnung.»

Nach einer halben Stunde kam ein Mann um die vierzig aus dem Schlafzimmer, grüßte mich und ging. Als Foffa das Wohnzimmer betrat, erkannte sie mich sofort. Sie lächelte.

«Hast du es dir anders überlegt?»

«Nein. Ich möchte ein bisschen mit dir reden. Ich bezahle dich, als würden wir …»

«Schon gut, schon gut», unterbrach sie mich. Sie setzte sich neben mich.

«Was willst du wissen?»

Sofort fragte ich das, was mich am meisten interessierte: «Warum tust du das?»

«Warum willst du das wissen?»

«Bloß so, aus Neugier.»

Sie stand auf.

«Geh», sagte sie und sah mich wieder mit diesem Blick an wie beim ersten Mal.

Ich ging, doch ein paar Tage später saß ich wieder in ihrem Wohnzimmer. Dieses Mal reagierte Foffa verärgert auf mein Erscheinen.

«Ich will nichts mit dir zu tun haben!»

«Hör zu, Foffa, ich bin bereit, dir dreimal so viel zu zahlen, wenn du meine Fragen beantwortest.» Meine Beharrlichkeit schien sie neugierig zu machen. Sie setzte sich.

«Also los, warum tust du das?»

«Aus Not», sagte sie und erzählte mir ihre Geschichte.

Mit achtzehn hatten ihre Eltern sie zur Ehe mit einem weit älteren Mann gezwungen, einem stadtbekannten Säufer und Glücksspieler, der gelegentlich im Hafen arbeitete. Nach dem Abendessen, erzählte sie, ging ihr Mann immer aus dem Haus und kehrte gegen Mitternacht sturzbetrunken zurück. Bevor er sich ins Bett legte, pflegte er sie ohne irgendeinen Anlass grün und blau zu schlagen, vielleicht um einschlafen zu können. Dann weinte sie lange, bevor sie Schlaf fand. Er hatte ihr zwei Kinder gemacht und brachte so wenig Geld nach Haus, dass es kaum ausreichte, sie und die Kinder zu ernähren. Dann starb er bei einer Messerstecherei in der Osteria, und ihr blieb nichts anderes übrig als die Prostitution, um sich und die Kinder über Wasser zu halten.

«Zufrieden?», fragte sie.

Ich sagte ja und ging, das Herz von Bitterkeit erfüllt.

Wenige Tage später passierte etwas, was die ganze Stadt betrübte. Nené und Gerlando waren beim Überqueren der Straße von einem Lastwagen erfasst worden und beide auf der Stelle gestorben. Das Ereignis erschütterte die ganze Bevölkerung, bei der Trauerfeier für die Kinder war die Kirche brechend voll. Doch vor den zwei weißen Särgen stand Foffa alleine und weinte still vor sich hin, niemand stand neben ihr. Um sie herum blieb alles leer, keiner wagte es, sich in der Öffentlichkeit als ihr Freund zu zeigen. Der Anblick schockierte mich, ich empfand so großes Mitleid mit ihr, dass ich mir einen Weg durch die Menge bahnte, zu ihr ging und ihr eine Hand auf die Schulter legte. Sie drehte sich um und sah mich an, und zum dritten Mal drang mir ihr Blick bis ins Herz. Sie flüsterte mir zu: «Komm morgen zu mir, ich möchte dir etwas sagen.»

Am nächsten Tag besuchte ich sie. Foffa war ganz in Schwarz, sie trug ein Kleid, das ihr jemand geliehen hatte, es war ihr zu groß, umhüllte sie wie ein Sack. Ihre Augen waren vom Weinen rot und geschwollen, das Gesicht vom Schmerz entstellt. Ich wusste nicht, was ich sagen sollte, um sie zu trösten, darum fragte ich, warum sie mich sehen wollte.

«Um mich von dir zu verabschieden», antwortete sie. «Morgen gehe ich weg. Ich muss jetzt nicht mehr als Nutte arbeiten. Zum ersten Mal kann ich in völliger Freiheit für mich selbst entscheiden. Mein ganzes Leben lang habe ich nichts anderes getan, als dem Willen anderer zu gehorchen. Jetzt kann ich endlich ich selbst sein. Ich kann alleine über meine Zukunft bestimmen.»

«Wohin wirst du gehen?», fragte ich.

«Das möchte ich niemandem sagen.»

«Brauchst du Geld?»

«Nein, ich danke dir.» Sie stand auf.

Wir umarmten uns. Sie brachte mich zur Tür.

Am nächsten Morgen, es war ein Sonntag, ging ich wie immer gegen Mittag einen Aperitif im Café Castiglione trinken.

«Hast du es schon gehört?», fragte mein Freund Carmelo, der Besitzer des Cafés, der an der Kasse saß.

«Was?»

«Foffa.»

«Was hat sie getan?»

«Heute Nacht hat die Mannschaft eines Fischerboots bei der Rückkehr in den Hafen einen Menschen gesehen, der von der Mole ins Wasser sprang. Sie haben versucht, ihm zu Hilfe zu kommen, aber es war sehr dunkel, sie haben ihn nicht sofort finden können. Als sie die Person entdeckten, war es schon zu spät, sie konnten nur noch die Leiche bergen. Es war Foffa.»

Meine Beine gaben nach, ich musste mich auf den nächsten Stuhl setzen.

Der Kellner kam zu mir.

«Bring mir einen doppelten Cognac», sagte ich.

Als er mir das Glas brachte, hob ich es hoch, bevor ich trank, und das war mein letzter Gruß an Foffa.

Inhalt

Weitere Titel von Andrea Camilleri

Aussetzer

Das graue Kleid

Das Medaillon

Das süße Antlitz des Todes
(mit Carlo Lucarelli)

Die Farbe der Sonne

Die Inschrift

Die Pension Eva

Ein Samstag unter Freunden

Frauen

Gewisse Momente

Mein Ein und Alles

Von der Liebe zum Radfahren

Metamorphosen-Trilogie

Die Frau aus dem Meer

Der Bahnwärter

Der Hirtenjunge

FSC
www.fsc.org
MIX
Papier aus verantwortungsvollen Quellen
FSC® C083411

Das für dieses Buch verwendete Papier ist FSC®-zertifiziert.